守望自己的天空

王 军 著

中国文史出版社

图书在版编目（CIP）数据

守望自己的天空 / 王军著. -- 北京 : 中国文史出版社, 2022.2

ISBN 978-7-5205-3481-9

Ⅰ. ①守… Ⅱ. ①王… Ⅲ. ①散文集－中国－当代 Ⅳ. ①I267

中国版本图书馆 CIP 数据核字(2022)第 036989 号

责任编辑：全秋生

出版发行：中国文史出版社
地　　址：北京市海淀区西八里庄路 69 号　　邮编：100142
电　　话：010－81136602　81136603　81136606（发行部）
传　　真：010－81136655
印　　装：北京温林源印刷有限公司
经　　销：全国新华书店
开　　本：787mm×1092mm　1/16
印　　张：15　字数：240 千字
版　　次：2022 年 4 月北京第 1 版
印　　次：2022 年 4 月第 1 次印刷
定　　价：58.00 元

自　序

《守望自己的天空》即将出版发行，翻阅着平时心中随情而记的心灵文字，我的心总是不由自主地泛起过去的岁月，过去的憧憬，过去的向往与希望。

那是在新县一中上学时，我常为省下八毛钱的生活费用从千斤的家里步行六七十里地来到学校。那时的路需要大半天的时间，我常是利用周末的早晨回到家里背上几缸子咸菜，好在学校填饱肚子继续求学，学点儿命运掌握在自己手里的知识。那是父亲的期望，也是母亲的期盼。他们含着苦累的心情，其实是希望我们长大学点儿本事，有点儿出息，不再像他们那样蜗居在山村里，一手扛着犁、一手牵着牛走在田地间过着辛酸的生活。

父辈的心情，我常在深夜里化作希望的眼睛，在那个昏黄的煤油灯下翻阅着求知的大门。那门很沉，读起来也很艰苦，那门是人们常说的跳“农门”。那时在山村里，若能跳出这个门，十里八里的乡亲认识的、不认识的都会投来羡慕的目光。有人说那是家中的祖坟“冒泡”，有人说那家的孩子真用心，考上学了。当生活的喜事临幸而至，因传统思维心态的认知就会被湾里人说得神乎其神。

后来，在从军的路上，我考上了空军导弹学院。当时那还是一所神秘的军中高等学府，我在那里生活着、求学着、刻苦着，完成心中的使命，挑起生活的担子。

在那个使命神圣的岁月里，我知道军人的刚毅与寂寞，也懂得成长的路上步步坎坷艰难，心中的向往时时难遂心愿。为此，我躲在连队的贮藏室里，在熄灯号响起的时候我拉起了灯绳，写下心里的故事；为此，我钻进阵地上的兵器车里，在大家周末玩闹的消遣中我捧起了书本，充实心灵的荒寂；为此，我的文章在《读者》《青年文摘》、全国各大报刊转载的栏目上发表了，入选中央电视台“首届全国电视诗歌散文展播”，出现在中宣部、新闻出版总署年度全国青年报纸刊物好新闻好作品的评奖名单上……

当心灵的雨水如同甘露洒在人生匍匐的路上时，生活的希望如同大海里的针芒给人一种无穷尽的向往。

这之间，我从空军地空导弹部队到陆军某医院，从人武部到省军区，每走一步是那么的艰辛与奢望，又是那么的倾情与感恩。生活中，我遇上了好人，也遇上了一些爱莫能助的战友；生活中，在组织的抚育下我感受到阳光般的温暖，也领略了人世间人情世故般的煎熬与无奈。那年，我调到了军事检察院；那年，在领导的关心下，我被任命为副检察长；那年，在评定检察官等级时，被最高人民检察院检察长批准为国家高级检察官。

于是，我一边工作，一边写着稿子；一边忙碌地为幸福打拼，一边存点儿闲余时间抒写心中的感慨与故事。几年一直没断，几年一直在方格子的纸上爬着心中的乐趣和自我陶醉的情怀。于是，散文《妹妹，永远的遗憾》，二〇〇四被教育部编入中等职业学校文化课语文教学用书里。于是，散文集《遥远的思絮》、长篇小说《儿子在军营》、军营警示录《无声的滑坠》陆续出版。没多久，凤凰网、人民网、网易、搜狐、腾讯等国内各大网络媒体在网页页面滚动式地强力推荐了《无声的滑坠》一书，该书被业界视为畅销书。二〇一八年十二月，《遥远的思絮》《儿子在军营》《无声的滑坠》被中国国家博物馆图书馆编目入藏。

我望着那一堆厚实的奖励证书，那些心中用汗水酝酿出的文字，我欣慰，也感叹着，生活不易，有这样的情怀更是不易。我时常在心里趋向偷懒的时候告诫自己写作还不能放弃，也在思绪有些模糊的时刻拨开心间的潮水让心情涌动。为此，我爱在出差的路上用指头在手机上敲打着文字，也爱在无聊的夜晚趴在桌前苦盯着电脑写着心中的故事。

生活的日子在风吹雨打中总是那么地平淡，在春夏秋冬中也是那么地墨守成规。在人生不知朝向何处迈步何处落脚的时候，一纸调令让我去了河北隆尧县武装部当了政委。没多久，又被任命为该县县委常委。那时，我常去乡里，也爱往村里跑。谈起一九六六年邢台大地震周总理三赴灾区，才知原来震中就是隆尧啊！当我夜读诗书翻阅隆尧的历史时，发觉那个小小的县城竟留下了五代后周柴荣皇帝的足迹。

在隆尧，当我在那里寻思后周周世宗时代是怎样的政治清明、百姓富庶的历史碎片时，中央八项规定来了，党反腐中的无禁区、全覆盖、零容忍的声音来了。因长期从事军事检察工作，并在北京召开的全军检察工作会上介绍过经验，没多久，我又从武装部被借调到解放军军事检察院负责审查起诉工作。那时，身处工作中常至深夜；那时，身在案卷中常与证据材料较真儿。

生活给了我一份幸运，也给了我一份肩扛的责任。后来军改期间军委纪委成立时，我荣幸地被选调到其派驻纪检组工作。在那里，身在高处，责任重大，如履薄冰；在那里，心压担子，守住清贫，世事如水。为此，二〇一九年被军委纪委记三等功一次。这个荣誉来之不易，也是我人生中最富有的一次奖项，因为它是来自军委纪委的奖励，也是对我工作的肯定。

记得在国防大学学习时，我对组长说："能去国防大学参加军委机关高级参谋班学习，心已经知足了。"

于是，每次出差我利用余暇的时间写写生活的一景一物、一事一悟，在世事的繁杂中自寻其乐。每每见一些文章发表在《新华每日电讯》《解放军报》《中国纪检监察报》《散文百家》、作家网，有的还被中宣部学习强国平台转载……每每读起它，心中总有一种说不出的满足感和自豪感。

于是，在文学的追求上，我也在一字一句地抒写着自己的心路历程，写出自己的心灵片语。在散文的深度上，我也想再辟新章，写出一些好文章。

二〇二二年三月

目　录
CONTENTS

门前那棵香椿树

家门口的屋角旁，栽了一棵香椿树。每到春分前后的日子，我见香椿发芽儿了，在树枝上一点点儿地冒了出来。心想，不几天能吃上香椿了。

回到家里，有时在窗台前还望着它。见一阵春风过后，香椿树不停地摇晃着，像一张迷人的笑脸，在灿烂的阳光里不时地冲着我们点头示意。那芽慢慢地长出来了，仿佛锅里一股香椿炒鸡蛋的味道缓缓地飘来，是那么浓郁清香，又是那么地清新可口。

香棒树是让一个朋友从他的老家带来的。那时，一直想在门前栽一棵香椿树，我就对几个朋友讲，让他们若回家时给找棵香椿树放家门口栽着。朋友们答应了，但一直没有找到香椿树的幼苗。有的说树大了不好弄过来，有的说还没有找到。一天，一个朋友突然来电话，问我要多大的幼苗，我听后有些激动，便对他说有大拇指粗就行。不几天，他开车帮我捎了过来。我把它栽在门前的拐角处，有事没事时总在它的跟前转悠着，瞅着它，希望它快快成长起来。

记得老家的房前屋后也栽有一些香椿树，那树很大，有的似小盆那么粗壮。每到打香椿时，母亲让我爬到树上，用铁钩子把冒出的香椿叶铰下来晾干做菜吃。那时，每次爬到香椿树上，低头望着树下的弟弟，脸上总是嘻嘻地笑着。有时像胜利归来的士兵，扬扬自得的心情一时在弟妹间乐开了花。

一次，母亲让我到树上把香椿都打下来。我兴致勃勃地爬到树上，一丛一丛地用铁钩子铰着，香椿从树上掉在地上，弟妹们在树下争着抢着捡到篓子里。见他们仰着脸冲树上喊叫着，一会儿让我铰这枝，一会儿让我铰那枝。听着弟妹在树下的嬉闹声，一时间我忘乎所以，一不小心从树上掉了下来。母亲听弟妹喊我从树上摔着了，急急忙忙从地里跑了过来。母亲跑来时，我正从地上爬了起来，见腿上磕出了一个长长的口子，血缓缓地往外冒着，望着母亲竟然没哭。母亲见我的腿被磕破了，及时撕掉身上的衣袖帮我把伤口包住。她抬头望着树上的香椿，也没责备我。母亲扶我起来时，轻轻地摸了一下我的头，便顺手把剩下的香椿打了下来。

现在，有时摸起腿上的那个伤疤，还依稀地记起那时的情景。那个天真乐淘的童年，也对香椿一往情深。

香椿树栽下后，第一年就开始长出嫩嫩的幼芽，露出紫红紫红的小尖尖儿。不几天，叶芽长起来，在和煦的阳光下，一点一点儿地舒展开来，像是慢慢地长大后等着主人的检阅。可是，没过几天，不知是谁把香椿树刚冒出的枝头给揪了，剩下一棵光光的树枝，像一小棵枯枝似的插在地上。于是，我跑过去瞅了半天，心痛地望着它，心里不知说什么好，好几天心里还在埋怨那个揪走香椿的人。

慢慢地，天气逐渐暖和起来。我见那棵揪断头的香椿树上竟冒出了新的细芽芽儿，我细细地数着，有四五个，我便在香椿树上系一个小纸片，提示大家不要再揪了。一个月后，那些细芽芽儿长出了五六寸长，因为是夏天，过了吃香椿的季节，再也没有人去揪掉香椿叶，到秋后那棵香椿树已长出一人多高了。

这几年，每到春分左右，我们都从家门口的香椿树上摘些香椿下来，拿回家里炒菜吃。每次，吃着新鲜的香椿，想着门前的香椿树心里美滋滋的，一种幸福的感觉油然而生。

往北去的情

春节了，这个中华民族伟大的传统节日，触动了多少个游子心灵的记忆，牵动了多少个家庭节日的忙碌。

或东或西，或南或北。那个亲情般的行动，挥洒在辛酸的路上，翘首在家乡的年夜饭里。

记事起，那个浓浓的亲情，在母亲的围裙里，在那锅劈柴烧起吱吱啦啦的猪肉汤里。那时，父亲最大的期望，是让儿子远离乡村那堆烟火的灶台，吃上城市里的饭菜。那时，父亲苦累的心思，是让儿子能考上大学，找个城里的媳妇，让全家人在那里过个快乐幸福的新春佳节。

于是，那时的心愿常在前进的泥泞路上，不知疲惫、不嫌劳苦地奋斗着，坚持着，终于有一天走进了城市，原想把父母接过来让他们不再日出而作，面对黄土流着艰辛的汗水。原以为父母有了依靠，过上城市里的生活。可是，生活在乡村的父亲是那么固执，又是那么地开明，总觉得那个城市不是他的家，生活上会给儿女带来不便。有时把他接到城里来，可到第二天，他吵着要回去。无奈之中，发觉喧闹的城市并没有给他带来快乐，反而给他的心里带来了寂寞的影子。

往后，我们不再有所要求，也不再将自己的想法强加到父亲的身上。

春节了，我们大包小包地挤着火车，有时抱着不大点儿的女儿在寒冷的雪中，望着门前刚贴上的红春联。

记得有一年春节，我对母亲讲：“妈，到我那里过年吧。”

母亲说：“城市过年没瘾，没老家香。”

父亲说：“过年你们回来吧，家里杀年猪。”

一直没能劝动父亲，过年时离开那块乡土，品尝城市的年味儿。

许是那时，父母的身体都好，不愿意走出乡村。许是那时，父母一直坚守着传统文化的传承，家就在乡下。

父母在，家就在。在那样的穷山沟里，每年春节我们依然幸福快乐地过着。

近年，父亲年事已高，不得不依靠儿女，但每次回到家乡接他时，他总是念念不忘那间老屋，那块荒废的稻田。

“我走了，那田谁种。”他那句话总得在嘴里念叨半天。

爱田地的父亲，又想让儿子回来接他的班。可儿子离开那块土地，生活在繁华的城市里，被城市的气息滋养多年，没有耕耘那块土地的力气了。

今年春节到来时，我对父亲说，到我家过年吧。

父亲说：“你回来接，我就去。”

父亲说的可能是一句玩笑，也许是他多年的心思。不管怎样，在腊月的尽头，我回到了老家。

在那个靠近年根的日子，在高铁站台上，他乐哈哈的，一手拄着拐杖，一手从我手中要去一个提袋提着，自己便走进了去往北方的高铁车厢里。

是年，他九十二岁。是年，他到城市过年了。

那似海的情

每当暮色从黄昏的泥土里飘来淡淡的桂花香时，我站在门前零星散落的树叶下，便想起了国庆节前夕独自行走在信阳的街上，那情似火的温暖，浓如蜜的气息，在多年远离家乡的心里，我看到了人与人之间一种倾情无私的友谊之手，也感受到了那分爱如童心般的挚诚，像浉河的水碧波荡漾地流进了久渴如烟的心底。

那份情，我终生不忘；那份意，我将授予子孙。

那是父亲，在难得享福的晚年生活时，猝不及防的老年骨折打碎了儿女平日早出晚归、按部就班的心境，也搅痛了一个个正在负重前行的家庭。

那病痛从家乡的土坯屋里传来，刺进了儿女忠孝难全的心里。那吟声掠过朦胧的月色，从家乡的泥土里唤醒了古老传说中对祖祖辈辈育儿的记忆。

于是，我想起了那个楚人“亡羊补牢”的故事。在父亲生命痛苦的挣扎之中，我听到了一个微弱的生理呼唤祈求对幸福生活的向往。我循着父亲渴盼的心声和那个传统文化中养儿防老的心愿。我渴望父亲从病痛的折磨中能重归行动自如的自理生活，也希望他的晚年在儿女家庭里生活得幸福长些再长些。

孟子说：“人孝之人终身仰慕父母。”忽然，在感悟孟子对后人规劝仰望父母的良药之中，我又忆起了楚人老莱子爱父如婴的孝道。他流传千古的故事，何尝不是父辈的父辈育儿成人之后在床前病痛缠身的那一刻心思？

我仰望父亲，是他在艰辛的生活中常给儿女带来满怀的希望。我敬仰他，是那颗慈善的心灵常宽慰远方劳顿的儿女对生活充满幸福与吉祥。

在医院，我望着身心疲惫不知苦累的医护人员。你的敬业，让我瞬间读懂了微笑的面容给焦虑不安的家属带来心理的安慰；你的护理，让我解开平时冷漠面孔上那束严肃的目光，学会对一个个需求的陌生人以诚相待。

爱，我将倾心于人。善，我将分秒铭心。

在病房，我望着你俯身拉着父亲的手，那情如亲人的问候；在床前，我见你毫无嫌弃脏病的老人，那暖心如家的关切，一直感化了我，教育了我，明示了我。

做人做什么样的人？你让我在脑海里即刻重读了伟人全心全意为人民服务的谆谆教导，也让我在不忘初心的工作中识人爱人，守候着一方净土一个善良的心境。

为此，我想用浉河的水，给你沏杯浓浓的热茶，端在你的跟前递给你，感激你为父亲手术的操劳和护理的细心；我想爬上久仰的鸡公山顶，望着黎明喷薄而出的霞光，想唤醒千年沉睡的鸡公昂头为你打鸣。

我感谢，心像海水一样。在街头，在老家，在京城，在陌生的小道上，如岸边奔涌激流的水，时刻敲进心里，也敲在难忘的记忆之中。

那是情，似海难眠。那是意，犹如海水之深难罄。

把心灵敞开

每当我静静地立在池塘旁边那绿油油的睡莲跟前，瞅着那娇滴滴的叶子里吐露着那一朵朵红如骄阳或黄似金穗般的花蕊，心中总是那样地喜庆，那样地爱恋。

那是一朵敞开心扉的睡莲啊！那是莲的心事在池塘边的倾诉，想让飞来的鸟儿向森林捎去真诚的话语；那是莲敞开的心灵向阳光致敬，在生命辉煌的时刻给路人一片生活的希望。

无风的时候，它静候着多情的少女在一旁唧唧唔唔指指画画地谈着爱情；有雨的日子，它撑开心喜的花瓣露出心灵的芳香，等待相濡以沫的老人在伞下驻足凝眸。

有时，我见一对垂暮的老人在一旁说着莲的雅致、莲的纯情，也见年轻的后生谈着莲的逸事、莲的故事。

莲的怒放，莲的吐蕊，莲的悦目。其实，似人的心灵敞扉、心情的释然、心境的洒脱。

敞开心灵，容易物遂心愿，情驻其间。打开心扉，犹如莲的绽放，包容风雨，容纳尘埃，为蜻蜓点水，为蝴蝶展蕊。

敞开心灵，其实就是敞开自己的心声与情丝、自己的心境与爱憎。不为逆来顺受，不为权贵献媚，不为哗众取宠。卑微时，有说有笑，不为身贫而汗颜；顺境时，言低声细，不为身贵而妄为。

爱在心里，恨也在心里。不好的情绪如同一座座坟丘，容易埋没自己，葬送自己。

把心灵敞开，就是把善良的心胸敞开。人有善良，恶语也会被纳为良言，邪气也会变成凉风。如池塘里那朵朵敞开的睡莲，给路人一份惊喜，给世间多一份温馨。

把心灵打开

一个人的灵魂是恶是善，是好是坏，把它打开，放在阳光里，就明白这个人的灵魂长在什么地方了，也能从中看出他生活的轨迹，甚至有什么结果。

心灵好，心态予人平和，处事阳光。心里肮脏，为人险恶，自然有见不得人的勾当。

为此，把心灵打开，就是把通向人的生命中的希望打开。人有好恶，事有因果。向善的人，行为处世每走一步，为他人着想十步；每得一寸，愿为他人舍弃一尺。

这是一种高尚，也是一种品德。

心里阴暗的人，没有这种品质，也没有这个德行。阴暗的人向往的是个人至上，追求的是眼前利益。这样的人，把心灵打开，容易将自己的“优势”暴露在众目睽睽之下，也容易将不道德的东西置于前台场面，露于公众的眼皮底下。所以，让这类人打开自个儿的心灵是劳而无功的，也是苦煞心机的。但生活中，倘若一时醒悟，敞开心扉，与人性共舞，与友善结缘，与陋习抗争，与邪恶划线，那心灵一定是拨开云雾见日月，大彻大悟了。

其实，把心灵打开，就是把心灵深处的东西敞露出来，让自己在公众与良知上，毫无顾虑地坦诚自己的灵魂，毫无忌讳地道出自己的心扉。这样，生活在阳光里，心地善良，人才生活得鲜亮风光。

记得一个人因过重的私心多拿了本不属于自己的一个口罩，想存起来为往后的日子备用。可他的举动使另一个人只好用纸巾掩住鼻孔在一个恶臭的环境工作了一天，路过的领导见他朴实无华，第二天给他安排了一个新的比较惬意的岗位。一个蝇头小利的人与一个任劳任怨的人一起，有时觉得有些人一时得到了便宜，可最终得不偿失。厚道是一个人的心灵之窗，打开这扇窗户，有时好运不请自来。

为此，把心灵打开，就是把自己的命运打开，把生活的希望打开。命运掌握在自己的手里，希望自然会否极泰来，枯木逢春。

把心思放在正道上

心思人人都有，看你用在哪儿。心思正，其路虽弯，亦能灯火辉煌。心不正，路虽平坦，也会覆车。

把心思放在正道上，是让人走一条正确的路。生活中，有的人做事浩然正气，有的人爱搞歪门邪道；有的人对人忠贞不渝，有的人却遇事见异思迁；有的人把持原则、恪尽职守，有的人见利忘义、饥附饱飏……

社会上有什么样的人，就有什么样的心态。有的在灾害面前挺身而出，有的却在背后煽风点火；有的率先垂范冲入一线，有的贪生怕死躲在后面。这些心态反映一个人的素质，也折射一个人的心理状态。心有理想，心里自然敞亮，为人厚德载物。心里污浊，自然会离经叛道，满腹牢骚。

一个人走上正道，是他的信念，他的信仰，他的处世观念在正道上。这样的人热爱自己的祖国，珍惜自己的民族，忠诚自己的事业。国家有难，他舍生忘死，不顾个人的安危。朋友有求他会真情实意，倾囊相助。《管子·立政》有句话："正道捐弃，而邪事日长。"

社会上，一旦国家深思熟虑地布置某一重大决策，或是某个重要的关口前移，总有一种不同的噪音在一边或暗处发出霉味，蛊惑人心，混淆视听，甚至让一些不明真相的人也跟着凑热闹瞎起哄。后唐著名诗人黄滔在《答陈磻隐论诗书》中语："援雅音而听者懵，语正道而对者睡。"正义的声音，往往需要穿云破雾的力量，才迎来一片晴朗的天空。毛泽东说，人间正道是沧桑。

为此，正道需要人们的呵护，需要社会的力量和智慧。

因为正道需要正义去维护。人有了正义之声，社会上的乌烟瘴气才会鸦雀无声。正义是做人的法宝，也是处世中的一个"护身之符"。人人有正义之感，社会才处处是太平之日。

因为正道需要良心来"诵经"。歪点子的人是念不好经书的。人心变了，心里哪有什么正确的想念。正道需要有良知的人去循循善诱、谆谆教诲，引导人们什么事可以做什么事不能去做。让良知悟化心灵，让善良驱走心中的势利。这样，心思才歪邪不了。这样，心里想念而做的正是社会需求而望的。

因为正道需要责任担大任。一个担子需要一个人去扛。十个担子需要十个人来挑。社会的大任需要社会的责任来维护。这个责任是人的一种胸怀。人有了这种胸怀才能堪此大任。逝者如斯夫，吾将上下而求索。在大任中成长，才知职责的重要。心有责任，才能勇担重担。

因为正道需要担当挑大梁。一个人没有担当精神不行。一个社会的进步没有担当挑大梁的人，这个社会就会是一盘散沙，没有凝聚力、战斗力。生活中，凝聚力、战斗力靠的是什么，靠的是民族意识，民族的脊梁焕发出的一种精神。这个意识是大局意识，这个脊梁是中华民族的灵魂。有了这个灵魂，人们有难，会迎来八方支援。人们有灾，会有逆行驰援之爱。

把心思放在正道上，动下心中的指头，宣扬一下身边好的思想；挤出一点儿时间，聆听他人长志气的故事；有时不必冲到一线，身在后方也能闪烁着同样的光芒。

戴着口罩闻花香

今年的春天令人难忘而又是那么地无奈，很早的时候就想去公园看看桃花，闻着花香，可是抗击新冠肺炎疫情的禁令还没有松动。心想，今年的桃花朵朵盛开时，可能坐在家里，目思着去年欣赏桃花的情结，我的心动了，动得了无指望。

公园里的桃花，还是那么一片片、一棵棵地盛开在那里，桃花朵朵，像舞女拂袖，在树枝上不停地抖动着、摇曳着。走在近处，发觉一瓣瓣笑吟吟地你瞅着我、我攀着你，在树梢上拥挤着，有的面带羞色，有些腼腆起来，有的像是涨着微红的脸，楚楚动人。人们在树下，这儿一堆，那儿一群的，这拨儿刚刚离去，那拨儿又挤了过来，有伸手轻轻地攀着桃枝屏着呼吸闻着花的香味的，有钻进树丛中嘻嘻哈哈的，还有的望着这枝窜那枝的……这些都是去年赏花的情景，人们都是那么地高兴，也是那么地娴静，在公园里，任意地闻着花香。

春天到来时，小区门前有棵桃树，树枝刚冒出花骨儿朵时，我见一些戴着口罩的人常跑到树的跟前，有男士，也有女士，他们在那几棵桃树下，伸手攀着桃枝拽到眼前，在那里深深地嗅着花香。

不几天，桃树棵棵花朵绽放，一朵朵、一瓣瓣、一片片缀在树上，粉红的像火，在空旷的小区周围是那么地惹人心醉，一时间从早到晚，男的女的，老的少的，出来散步时戴着口罩都要走到那几棵桃树下面，惊喜着，谈笑着，掏出手机不停地拍照片，发在微信里。

女儿在家里望着窗外站在桃花下拍照的邻居，对我说：“公园里的桃花也应开了，明天我们去公园吧。”

我对女儿说：“像她们一样，戴着口罩在小区里看一看，闻一闻就行了。”

女儿说：“公园里感觉不一样啊，那里一片片的。”

“限令还没全放开，这时去不好吧。”我回头对她说。

“微信里，我见有人戴着口罩去公园赏桃花了。”女儿有点儿不屑地说。

一个周末的早晨，我们全副“武装”走进了公园，见公园里三三两两的行人，都相隔十几米远，有的见来人过去，便另择其道转身离去，有的站在桃花树里，有的仰着迷人的笑脸，露出眼睛不停地眨着，在不远处惊叫着，从口罩里发出咯咯的笑声，那音很清脆，也很甜美，像一树树桃花似的舒心地释放在晴朗的天空里。

忽然，我发觉一个个行人独自在桃树下品着自己想看的那枝桃花，是那样文明，又是那么地文静，仰着一张张戴着口罩的脸，在那里闻着春天的气息，闻着生命的鲜艳，闻着生活的花香。

端一杯茶水给你

当人在解渴的途中需要一杯水时，突然见一杯冒着清香的茶水端在跟前，那时人的心情会从心底发出肺腑之言，那是人生中不可多得的恩情啊。

因为那茶是端给饥渴人的，也是让远途劳顿的人看到生活的希望的。

记得很小时，每到农闲时分，家里人不用下地干活时，一家人爱坐在一起听父亲给我们讲些故事。其实，那故事是父亲的经历。父亲很小时就随着大人们进山烧炭，十多岁时就学会了自己在山中劈柴钻窑洞。为此，他常去外地谋生，干些苦力活儿。

一次，他去一个外地山棚，那晚走了很深的夜路还没有走到要去的地方。在上一个山坡时，他见一点儿微弱的灯光从林中穿来，心中惊喜起来，见山中住的是一户人家，便走上前去敲门想询问那路还有多远，顺便自己也歇歇脚，喘口气。

当父亲敲门还没进去的时候，那户主人开门见是父亲。父亲急忙说明来意，那户主人没等父亲说完，把门打开对着父亲说：“还没吃饭吧。来，先喝碗茶。”

当时，父亲的肠胃也不听使唤，一个劲儿地咕噜噜地鸣叫着。他接过那位主人端过来的茶水，心想，这户人家真好。

人在饥渴时，有时需要一杯解渴的茶水。那水在困苦人的眼里是生活的希望，在辛酸人的心中是一份力量。端上它，人能长些精神，也能增强心中的意志；有时那杯急需的茶水，也能消除一天的疲劳，增加一点体能。有时那杯不起眼的茶水，能帮人走出困境，走出贫困的生活。

往后的日子，我也记住端一杯茶水的情怀，也在一些身感口渴的人群中，递上一杯生活的茶香。

有时发觉那杯清香的茶水从桌子上冒出的热气，也能湿润一双眼睛。我瞅着那杯香气四溢的茶水，想着人性的渴望，或许人在远涉的途中都得寻找一杯水喝。不然，没有馥郁的茶香，苦累的心境总觉得生活有些渺茫。

生活中，其实端一杯茶水是一种舍予。舍予是一份高雅，也是一种情怀，它像茶水一样既能滋润人的心里，给生活带来一份厚福，也诠释着一份圣洁般的关爱，一种暖心的胸怀。

那样的一杯茶水，端在手里，捧在胸前，冒着热气腾腾的香气，深深地凝视着它，那一刻一股浓郁的茶香从心底冒了出来，温暖迅速传遍全身。

对准自己的心态

生活中，看待一种事物是好是坏、是美是丑，因人性不同、观测的角度不相一致，同一事物所反映的心态也有差异。

对准自己的心态，其实就是在生活中校正自己人生的坐标，事物虽有偏差，但与积极向上的心态是一致的。人要有一种恪尽职守的精神，自始至终，忠贞不渝地坚持，而不是有了误差，就让它失之毫厘，谬之千里。

一个人的心态，就是一些根深蒂固的想法和目标，也是一个人做事的原则和尺度。它来自人的内心，内心的情绪有所失准，心态跟着偏向。内心得到理性的回归，自然心态会有良好的精神状态。所以，心态决定成败。有的人精神饱满，积极向上，敢于挑重担，不畏险阻，不怕困难；有的人性情随和，做事不慌不忙，在问题和矛盾面前沉着冷静，勇于面对。这些好的心态来自好的作风和品行。但生活不尽是这样，有的人品行不端，心胸狭窄，遇事会小肚鸡肠，做些偷鸡摸狗的事情；有的人爱占别人的便宜，工作起来怕吃亏；有的人受不了一点儿挫折和委屈，遇上挫折爱破罐子破摔，有了委屈就耍脾气，像个“怨妇”一样，死爱面子，不讲道理；有的人一有困难，就想博得别人的同情和怜悯，自己不努力，还爱怪别人不伸手……这些心态不及时调整，害人害己，到头来会一事无成，毫无斗志，容易让人产生一些懈怠的情绪，不仅影响工作，也会影响个人的幸福生活。

调整好自己的心态，其实就是把脉自己的思想，让自己的思想始终在正确的轨道上行驶。让人释放正能量，增强自信心，常有一个乐观的心态，宽容的胸怀，较强的责任心、事业心。这样，自始至终对准自己心中的方向，生活才有成就感、获得感。

为此，认识一个事物，要常学会把脉“问诊”。无论事物发生怎样的变化，是优是差，内心的态度一定要从头到尾沿正确的方向坚持下去，心里的情绪受到波动时，心态随之要进行调整；心里的想法若抵挡不住诱惑，那心态自然发生扭曲，向坏的方向发展，人就会不遵守原则，不守规矩，违反纪律，甚至做出有损于社会、有毁于家庭的事情来。

所以，对准好自己的心态，把坏的情绪、丑陋的心态、不良的思想、暴躁的脾气从心中克服掉，生活才在阳光下幸福得像花儿一样美丽。

二　月　二

二月二，在传统的佳节里，很小时，常听老人走出家门时，抬起头、伸出脖子冲着暖和的春天自言自语地说上一句，“二月二了，年算过完了，开始做农活了”。

闲了一冬的村里人，在心里开始意识到不能再悠闲自得了。春天来了，杨柳发青了，田间地里需要松松土、备些肥料，准备春耕播种了。

于是，村邻男的女的、老的少的开始走出屋外下地干活了。他们举起锄头，挥着锹镐，伸开双臂，释放一冬的懒腰，在田间地头撅着屁股，甩着膀子，边干边唱，像歌唱开春的号子，耕耘着一年幸福的希望。

那时，父母说得最多的一句话，就是教育儿女不要懒惰，春天来了该用心去读书。因为过了二月二，人们没有理由再去偷懒闲混岁月，也没有借口再去浪费眼前的大好时光。诗人李商隐坐在江中叹道，蝴蝶都翩翩起舞了，人还能懒在家里吗？于是，他挥笔写下绝句：“二月二日江上行，东风日暖闻吹笙。花须柳眼各无赖，紫蝶黄蜂俱有情。”

天暖和了，小鸟叽叽喳喳地出窝了，开始一年新的生活；树青了，开始冒出一年的希望；花开了，开始吐出迷人的芳菲；人精神了，开始摒弃心中懒散的思想，立下志气，在勤奋劳作中一步步践行心中的愿望。唐代诗人白居易也常常在这个时候，鼓励年轻人离开温暖的家乡，到外面去看看。他在诗中写道：“二月二日新雨晴，草芽菜甲一时生。轻衫细马春年少，十字津头一字行。”

有人说，二月二，龙抬头。不勤劳耕作，刻苦钻研，哪来的龙抬头之说。

记得在连队，这天班长望着战士一个个争着去剪头发，他对回来的战士讲：“脸精神了，大家心里也要打起精神，绷紧一根弦，好好训练，争取今年再拿第一。”那年，全班刻苦努力，扎实训练，士气一直振奋有佳，精气神儿十足，在班长的带领下每次训练考核都是第一。忽然，想起宋代诗人王庭珪的一首诗：“日头欲出未出时，雾失江城雨脚微。天忽作晴山卷幔，云犹含态石披衣。烟村南北黄鹂语，麦垅高低紫燕飞。谁似田家知此乐，呼儿吹笛跨牛归？”

是啊，生活的乐声，应归属于那些早出晚归的人，勤勤恳恳的人。

枫　藤

每当闲暇之余路过门前小道旁那堵藤叶扑满的围墙时，火红红的，像热情燃烧的炉火。瞟着它，心中情不自禁地发出了感叹的声音："好美的枫藤啊！"

枫藤，大家习惯性地称它为爬山虎。我对枫藤的印象，却是它旺盛的个性，顺势而为，依附而长。无论是酷热的夏天，还是霜雪飘落的季节，它都能耐得住自然界的天气，在贫瘠的墙角旁、地坎边、树林里顽强地向上攀爬着。

正因为这种附势攀登的精神，我常常站在一棵耸立的大树旁，或满是枫藤的山崖边，对它不知疲倦地沿物生长展现生命的延伸而感怀。

生活中，有墙，它顺墙头蔓爬；没墙，它依树而攀，舒展根系藤枝，吐露着叶红满天的芬芳。

为此，每当看到那片红红火火的枫藤顺墙而爬时，我总是寻思着那种意象竞合的热情。像热爱生活的人珍惜拱手而得的食物，在感恩中根植着生命中的责任；像勤奋努力的人接纳他人给予的"墙"，深耕劳作，丰盈自己，给世人一种称奇的向往与绝叹。

往往在现实的日常生活中，我也见过那些像扶不起"猪大肠"的人，任凭怎么对他培育，或是下多大力气帮扶，都无济于事，无功而返。那种人不如枫藤，不会在生活中珍重自己，尊重别人，不会在自己的生活里绽放予人赞叹不已的光彩，哪怕一时或一次给人一种期盼的欣慰，但最终都在摇头哀叹中望而无果地让人心灰意冷。

于是，在公园，在野岭，我见那一片片艳红的枫藤或是叶绿如葱的藤叶，虽很平常，如不知名的花草，但它总在眼前一亮让人心有感悟地多瞅几眼，多思几时。为它，也为生活中那些点点滴滴心存感激的人……

父爱的本钱

当父亲的心思隐藏在微翘的眼角中露出心喜的容颜时，他会望着呱呱坠地的儿女倾注一生的深情和希望。

于是，他开始舍下生命的本钱，一生在劳累中为儿女奔走，为幸福的家庭费尽心血，不辞劳苦。

他想让心中的期望换来儿女的事遂心愿，也想用肩扛的责任挑起儿女成长中的艰难。他想在每遇困难中，为儿女伸出解忧而又温情的手，也在忙碌中却从不向儿女说出心中的苦累和身体的疲惫。

父亲的本钱，是爱与希望铸造成的。在儿女成长面前，用善良培土，用坚强浇灌。

他的本钱，是儿女的希望。希望有多远，路就有多远。他期待儿女的路很长很长，长得像个兵成将军的经历，长得像个一方主责的诸侯。

他把本钱投注在儿女的幸福健康之上。为此，四处奔波打拼挣来儿女的快乐成长，也在守望的心中默默地牵挂儿女的事业与未来。

其实，生活中父爱如山。那座山是为儿女避风挡雨的山，也是远涉劳顿归途停靠的驿站。那山坚实厚墩，那山高大巍峨，那山淳朴峻峭，那山处世从容。

记得昨天上午，组长来电话时告诉我，让在家多待几天，照顾好父亲。他说，我给他发短信那天，他的父亲离开了阳光灿烂的人间。他说：“再想照看父亲，已没有机会了。”他在送来良好祝愿的同时，也说出了心里的愧疚，一个孝道儿子的心情。

那是父亲给儿女留下的本钱，也是一个将军像平常人一样对父爱的心声。

为此，我感激父亲用从善的心育儿之经，也感谢父亲用宽怀之仁予人以爱。从善换来了领导亲情般的关心，宽怀得到了亲朋好友的关爱。

于是，父爱的本钱留在儿女的心里，释放着一种慈悲为怀的心情……

父　亲

在来来往往奔向万家团圆的春节里，趁年前的机会，我回了一趟屋里屋外一样冷的老家。想接形单影只的父亲，到北方与儿女过个快乐祥和的新春佳节。

在门口，我见父亲茕茕孑立，踽踽独行。他见我回来，从门口的石板上立刻起身站了起来，眼睛一亮地对我说："你怎么搞回来了？"

我望着身体行走方便的父亲，走到跟前对他说："回来想接你去过年。"

"到过年了？"父亲反问我。

父亲是什么时候开始有些失忆症状的？这个生活了九十多个春秋的老人，这把年纪还能认清书中的字，还能听到远处来人的脚步声，心中的慰藉自然难掩于面。但有时见他又是那么糊涂，对来人的姓名不停地反复问，甚至刚刚问了，眨眼的工夫又问了三遍。有时，弄得来人不知如何回答是好。我这才发现父亲老了，真的老了。可父亲的记忆，唯有扎根在他心里的是他对过年的感觉。

每逢过年，父亲总是那句不能摊到场面的话语："过年不能去外面过，在家过年，我要给老先人烧个纸，保佑儿女平安。"

这个缘故是父亲从爷爷那里传承下来的，爷爷也是从上辈的上辈那里留下他的，应属于中华传统文化中的一份祭祖情结，也是父辈们对儿女寄予的一种期望。因为这个缘故，父亲从不到外地过年，即使回家去接他，他也懒得去。

有时，父亲的固执，让人无可奈何。时常任由着他，若他安好，家中便是晴天。

这次回去接他过年，他竟然在电话里同意了。他说："你回来接，我就去。"

在门口，我见父亲拄着拐棍朝我走来，身子虽有点儿驼，还算硬朗。他问我什么时候走，我说："明天。"声音虽不大，他听得很清楚。

"那我得到屋里准备一下。"父亲听后自言自语地念着，起身走进了屋里。

把父亲接到家里，已是大年三十的前夜了。父亲在家里高兴得像个孩子，望着我们问这问那。

父亲喜欢喝酒，见我拿出酒来放在餐桌上，他兴奋地说："打开，我尝一口。"我对父亲说："那么着急干啥，吃饭时喝。"

"有酒就喝，还管什么时候吃饭？"父亲说着，微微起身伸手够着酒瓶，拧开了瓶盖，给自己倒了满满一杯，那酒似要溢出来，他趴上去伸着脖子喝了一口。那杯足有二两之多，他就着盘子中的几块咸鸭蛋，没几口杯子里的酒喝得一滴不剩。

在老家，父亲喝酒时妹妹事先从酒杯里兑点儿水。这样，父亲每顿既品尝酒的香味，过了酒瘾，又不容易喝醉。这个主意是他醉倒后想出的。在家里，常听邻居们说，"你父亲喝醉了，跌倒在地上了"。那酒一定是自己偷着喝的，没有兑水。每次父亲酒后醒来时问他，他又说没喝多。

父亲喝完那杯酒，说这酒劲儿真大，有点儿喝多了。我扶他站起来时，他的腿有些发软，站不稳当。我便扶他上床休息。

父亲喜欢山歌，年轻时爱唱，老来了也在家里唱，尤其酒后爱哼哼半天。

没多时，父亲躺在床上唱了起来，是老家的味道，也是童年的味道。他唱的山歌带点黄梅戏的韵味儿，也有地方的情调。

我见父亲躺在床上，毫无顾虑地扯着嗓子。走上去便对他说："别唱了，影响邻居。"

他不满地说："我在家唱，还有人管？"

我说："大过年的，影响不好。"

"我在王楼（老家）想怎么唱就怎么唱，没人管。"

"这里过年不让唱，我就回去。"父亲歪着身子在床上说。

于是，我们任由着父亲，他一直唱到酒醒。

其实，父亲没有喝醉。他起来时，不断地对着我们说，要回老家去，说城市过年不好，不让唱歌。说着，自己清理起衣物，要往门外走。

我急忙扯住父亲，让他过完大年再走。他见我再三承诺，便留了下来，吃完了一家人难得团圆的年夜饭后，他说明天要回去。

父亲任性，也只好随他。大年初一，我给他买上了回老家的高铁票，他得知后高兴地说："大年初一，我能回家了。"

在西站，在万家团圆的大年初一，我把父亲送到了车站。在这个举目无奈的春节里，我的泪不知什么时候流了下来，从心里不断涌出，一直滴在车里。

或是这样的春节，大家都在煎熬。或是这样的过节，许下安好。思着想着，伤感积习而生，顿时泪从心中不断地涌来，为父亲，也为这样的春节不能相聚的家人……

父亲的痛

在人生迈入夕阳的霞晖中，父亲平生第一次躺进了医院吃药打针输液做手术。我见温柔的护士用那么小的针尖轻轻地扎进他的血管里时，他皱着眉毛在床上冲着我们大声地喊痛、好痛。他真的是没见过针了，也从没受过这样的折磨与痛苦。

父亲没有病，一生在风风雨雨的红尘中也未得过病。他硬朗的身体每天四五点在晨曦微微显露时，就起身在家门口的房前屋后转悠，在生命快乐的日子里转悠，在儿女幸福的心情里转悠。

我常以为父亲九十多岁了，还有这么好的身体是他那一代人的造化，也是那一代人骨子里奋斗的一种精神力量带给儿女的福气。也认为在久经的风雨中，在生活的劳累与辛酸中酿成一副结实的身板能使自己坚强地守住幸福的岁月。但在残年如蜡的岁数里，冷不丁一个不经意的起身动作，曾以为一生没得过病的父亲却经受不住生活的捉弄，他滑倒了，倒在自家的地板上，也倒进了肉体的疼痛与精神的折磨之中，更是倒在了儿女的悲怨焦虑与悔不当初的叹气声里。

一向坚强的父亲，一向自以为晚年能动能走能自理的父亲，一位时常心藏寂寞孤独的父亲，一位天天骂着儿孙不回老家看看的父亲就这样病倒了。其实，父亲的病是心病，是老人渴望儿女守在床头端水送饭的那种心病。

那病在中国几千年了，在生儿防老的血液里，在中华大地的每个角落里，相传着一代又一代的孝道和忠厚的文化，也相传着儿女媳孙们的人文关怀与床前的呵护备至和辛酸。

父亲在年迈的岁月中难以体会到天伦之乐的情景，常思远离老家的儿子手捧一顿顿热饭递在跟前，常想乐陶的孙子孙女围着他叫一声爷爷。可在家家都有一本难念的经里，曾把希望寄托在儿女外出拼搏奋斗的前程里，老人的病其实是他的一块心病，是疼在儿女身上的一种难以忠孝两全的病。

我曾试着让他这种心病在儿女孝道的心里化作老人的欢乐，也曾试着把他接到城里让他安度老人应有的晚年。可生活的根，让他对老家的山山水水不能忘，也常住不到三天就吵着回家说城里不好，不如老家自在非要回去。在万般无奈的心境里，只好任由着他，把他送了回去。

记得去年年根儿前，我回了新县老家专门接他到京城过个年，让一个地地道道的山区农民享受一下城市里过年的味道，仰望城楼的感觉。可年三十刚到，新冠肺炎像疯子一样蔓延全国各地威胁人民的生命健康，我见这种阵势哪能一家子安心地过个快乐祥和的年啊，三十晚上决定给父亲购买大年初一的高铁票，让他回到难离的老家。

父亲哪知新冠肺炎的传染速度及传播的严重程度。大年初一在去往西客站的早晨，他一个劲儿地在车里嘟囔着:“哪有大年初一撵人家走的。哪有大年初一撵人家走的。”

是啊！当孝心与生命的威胁发生碰撞时，我们选择让老人在他生长的地方颐养天年，当儿女的心情与老人固执的思想发生冲撞时，我们尊重了老人的想法。

在病房，我望着那一滴滴的点滴滴进他的血液里传出痛苦的呻吟声，那是父亲心里的痛，也是老年人的一种痛。

那痛在儿女的心里，充满对老人的祝福和希望。

改变一个人需要什么

中午了，朋友来电话说，他刚起床，在家闷得不行。

这些天因疫情大家多数都“闷”在家里，一些走出家门的人除买些生活用品外，多数人在小区里遛遛，走一走、伸伸腰、甩甩手，放松一下心情。

在电话里，我对朋友说：“时间长了，待在家里容易闷出病来，在家自己调节一下心情吧。”

他便急着问我怎么调节。我说：“你有什么爱好，不能光坐着吃啊。人得动起来，身子若不动，脑子也得动。”

他听了后，觉得说得有些道理。他说：“那我试试，给自己找点儿乐子。”

没几天，他又打来电话，说自己读了几篇《毛泽东选集》里的文章，对文章中的哲理和处世方式惊叹了一番。他可是个不爱读书的人，能翻些这样的书籍，并且读起来，这些天他的心真是安静了许多。他没再叫喊着心里烦闷，坐在家里受不了，他还建议我也看看毛泽东写的文章，说那里能通向人生的殿堂。

看来一个人的改变，不需要太多的道理，把他放在家里闷上一段时间，他能知道自己该做什么，不该做什么。因为，人的改变需要一个自我调节的过程，心态调整了，人的思维就会发生变化。比如，有人说那个人有许多缺点，但在一定的环境里，那些缺点又是优点。这样的缺点在生活中就没必要去改变。

生活中改变一个人，有时一句话，有时一件事，有时还是句玩笑话。不论什么方式，最终自己的观点、观念、思维、行为方式应相应地改变。不然，别人改变了，自己没改变，会觉得这也别扭，那也不顺眼儿。

所以，改变一个人，应试图先改变自己，而不是去改变他人。人的心念不同，观点也不一样。忽然想起季羡林的一句话，他说不要试图去改变坏人，因为他本身不会认为自己是坏人。就像阴雨绵绵的天气一样，有人觉得这样很好，可待在家里不用出门干些笨重的活。有的人却一天也受不了，对这样的天气抱怨不停。

为此，改变一个人，需要改变自己的视角和心态，因为视角不同，看待一切问题的方式方法也有差别，同时，也完全取决于一个人的心态。心态好，看待的事情，即使视角处在劣势的位置或黑暗的环境，心中也有另一种韵味，觉得事物总具有美好性。心态萎靡，同样的事物、同样的角度、同样的视角，也说不出个好来，甚至黑的说成白的，白的说成黑的。这样的心情，去认识一种事物，一切会变得一团糟。

把自己的事做好，自然会影响他人。选择好自己的视角，自然能看清他人。生活需要改变，从自己的生活开始。花香，蝴蝶自来……

贵在坚持

记得在上小学时，那天天气很冷，冻得人哆哆嗦嗦的。父亲怕下大雪把家门口堆的劈柴弄湿了，让我把它搬进屋里去。

门口的劈柴一大堆，我望着它心里直嘟哝，这么多什么时候能搬完啊。

父亲见我有些不乐意，走到跟前对我说:“坚持一下，慢慢地就搬完了。

开始用手抱劈柴时，冻得人浑身发抖。慢慢地干了一会儿，身子也热了，心里的怨气也没了，见剩下一小半儿劈柴。心想，再坚持一下就干完了。那天，回到屋里，发觉自己搬了那么高的一堆劈柴，望着望着，心里舒心地笑了。

往后，每做一件事，我都坚持把它做好，也从中得到了乐趣和信心。人常说，坚持就是胜利。没有坚持，人生的希望像茫茫大海一样很渺茫，也没什么斗志。

那是一个春天，突然身体有些不适。医生说，加强锻炼身体，体重减下来，身上的毛病就没了。

于是，每天坚持跑步，完成三公里的锻炼目标。刚开始，跑了一半的路程，身体觉得累得不行，跑着跑着心中总想放弃，不想跑了。

后来，在跑的过程中，心中一个劲儿地告诫自己，坚持一下就能跑完。第一次跑步，我紧咬牙关地坚挺着，终于跑完了三公里的路程。就这样，由于心中的坚持，我一下子跑了三个月，身体的毛病消除了，人也精神起来了。

贵在坚持，突然想起蜗牛的故事。它一步、两步地向前爬着，直到达到自己的终点。

桂林的夜

那是今年初冬的第一波寒潮过后，在事先约定的日期里，我去了一趟桂林。那天天有些冷，风吹在脸上显得有些冰凉。当夜色在撩人的灯光中扑向这座山美水美的城市里，消除城市的喧嚣、人心的浮华时，忽然觉得美丽的桂林，夜色也是那样的柔美，那样的静谧，那样的小家碧玉。

人常说，桂林的山水甲天下。当我站在桂林的街头，瞅着漓江在夜色默默流动的河水，那两岸辉煌变幻的灯光辉映在这座城市的夜空时，心中不由得泛起一种莫名的感慨：那是一座安逸舒适的城市，一个夜静倾心于人的山城。那里的夜，竟然宛若仙境。

在江边，我见一些快步擦身而过的行人，也有三三两两迎头相见的游客，他们在各自的心境中感受着漓江迷人的夜景，漓江的万家灯火，这座城市的美好与未来。

那灯光像一只只圣明的眼睛，记叙着一个个工人师傅的辛酸故事，也谱写着这座城市的人们一首温馨的歌谣。

在街头，那飘香的米粉，那碗冒着腾腾热气的米粥，在嘈杂的叫卖声中，显得市场经济的实惠，一个小富即安的时代。

我望着匆匆而过的人们，那份闲心，那份随意，那份淡然，从道遥楼到状元廊，从江边到湖口，嘻嘻哈哈，乐乐陶陶，把城市的灵气洋溢在深邃的星空里，让人沐浴在这样的夜里，有一种无穷无尽的力量和期盼。

我信步从这座城市的角落走到另一个街头，踩在油光发亮的青石板上，想从明代的墙根儿里寻找着这座城市发展的气息，也想感同身受地领略一下当地的习俗、当地的人文，当地四面八方游人心中的愉悦。

那是初冬桂林的夜，在店铺还没打烊的夜里，走在两江延伸的街头，你会看到一座城市的发展与未来，一个个悠闲自得的心态。

那是桂林的夜，在灯光如辉的夜里，站在色彩斑斓的桥上，望着悄无声息滚动的湖水，如人般地守候。像守候着寒冬孕育的夜里，像静候着清晨朝阳的到来……

虹

接连的雨天，让人心无头绪地巴望着天空，这雨什么时候是个尽头呢？

心中的事难以尘埃落定，每当雨滴窗台时，我望着灰蒙蒙的天，想从云中拨开一丝丝希望，希望明天是个晴天。

可这云一片片移去，又一片片地追来，好像永远让你见不到阳光似的。这时，不知是谁在走廊大喊大叫，我一回头顿时猛醒，为什么要在窗台看那块烦闷的天呢？走出门口是不是心境便豁然大开？

于是，我跳出了心中僵化的思维，跑到大街上，寻找心中的一块蓝天，那天从云隙中飘来，透露着一点儿蓝得可心的天来。忽然抬头望去，虹正在头顶上方，许是明天晴了，许是明天的事雾消云散。

生活中，有些事不能沿着老路走下去，转身另择一条路，或许有新的转机，如出门见到的虹，给人一种难以言明的愉悦。

家乡的水很甜

每当我在家乡山边岩石旁那口水井里，趴下去伸出双手捧起水咕噜噜地喝进肚子里时，爬起来站在井边总是情不自禁地在嘴里念着：甜，这井里的水真甜。

水应是从山中石头的缝隙里流出来的，但从没冒出过水井的边沿。一般情况下，人趴在光溜溜石条垒起的井边伸着手就能捧着井里的水。那水清澈见底，还不时地冒着雾气，在井里缓缓地萦绕着，丝丝相扣，缕缕飘起，那水喝在嘴里凉凉的，润湿着嗓子，似有一股甜意从口中泛了起来，流到舌尖上，又咽进了嗓子里。于是，口中甜丝丝的，心里也甜丝丝的，像解渴的一杯清茶，从久别家乡的人身上散发出一股浓浓的米水之情，一种亲情的温暖与包容的味道。

那井在村子北边的山边下，供两百多人的村子里日常生活饮用。平时家家挑水做饭、沏茶待客都离不开它。

记事起，我常见父母无论农忙还是夜色铺地时，急急忙忙地从家里挑着木制的水桶去那里打水回来，倒进厨房的水缸里。然后，在灶台前给我们几个不大点儿的兄弟淘米洗菜，烧火做饭。我们个个端起碗喝着父母煮的粥，心里不知愁地在父母的跟前笑着闹着，也在那间烟火熏黑的土坯屋里感受父亲的酸累、母亲慈善的胸怀。

慢慢地，我们一日三餐地饮用着那口井里的水，也慢慢地在童年的时光里品尝着山村人难以言明的艰辛，个个起早贪黑不知劳累地赶着牛驾上犁走进泥田里，个个披着月摸着夜色还在山里滴落着汗水，播种着生活的希望。

山村人的辛苦像那口井水煮起的饭菜，常让挨饿的孩子端起生活中的清汤寡水。那时，那井里的水喝进肚子里，个个骨瘦如柴，个个露出像卖火柴中那个小女孩的眼睛，并对生活充满难以摸到的渴望。但生活的打拼与父辈的愿望让我织起了对美好幸福的向往。然而，就是这样的向往与心念的冲动，让我离开了那口日日夜夜给人以解渴的井水，也离开了父母烧煮的饭菜在期望的心中不知疲惫地背着父亲的遥望挑起生活的担子。

那时，在异地在他乡，面对浑黄的水，苦涩的米饭，我把泪吞进肚子里。那时，在戈壁在沙漠，我常摸摸走时父亲寄予的希望，在冷冰的风中负重前行。那时，在山沟在基层，我常仰望无垠的星空思着家乡的味道，想捧口那井里的水喝。

生活让我常常想起家乡的井水，也在时光的风中常大老远地跑回去，饮着那水的心事。

父亲老了，真的老了。他也无能为力地动手给我烧上一把火，煮起一壶水。我喝着妹妹从堂屋的桌子上递来的水，那水从心里一下子热到脸上，颗颗泪落……

家乡的紫菜苔

记事起，每到春节过后不久，家乡的紫菜苔在菜园里冒出绿油油的叶子，嫩嫩的、绿绿的，开着黄花。

小时候，母亲每到这个季节，就去菜园里摘一篓子回来，有时和米饭一起煮着吃，有时在锅里放几块糍粑，然后放些紫菜苔。那样，糍粑里有一股紫菜苔的清香味，吃起来清新爽口，那味道从碗里钻进鼻孔里特别香馨，有时一次能吃几大碗。

记得一次，母亲把紫菜苔从菜园里弄回后，切碎做成馅包了一些菜包子在锅里煎着，那包子用油煎出黄灿灿的壳儿，吃起来特别香。母亲煎菜包子时，有时我们几个兄弟在厨房踮起脚望着灶台里的锅，心里像过年似的，个个乐颠儿乐颠儿地你望着我、我瞅着你。因包子刚从锅里煎出来，里面有蒸气吃起来很烫，我们兄弟几个见母亲从锅里盛出来后，在灶台上的盆里争着抢着拣着包子吃。一时心急的我们，因吃得太急一不小心把嘴唇烫了。这时，母亲看到后，狠狠地用眼睛瞪着我们，说我们不该吃得太快，一个劲儿地在灶台后教育我们以后吃饭要放慢些，小心烫着嘴，也让我们相互间做事要学会谦让。

往后，每次吃包子时，我们不像先前那样在盆里抢着，慢慢地学会了先人后己，依次排队等着弟弟拿走后，我们大点儿的兄弟再从盆里拣一个紫菜苔的包子吃。每次，母亲怕我们相互争抢，都多包些。那时，吃着母亲包的菜包子，那个香啊，一直像陈年的酒沉在心底，多少年了，还是那样清新香甜。

前些天，家乡的紫菜苔又长出来了。身在异地，便让老家的朋友寄了过来。打开箱子见开着黄花的紫菜苔，那一刻，心里一阵惊喜。心想，晚上可以吃上菜包子了。

可是，做着做着，没有老家的味了。不知是这些年在外地习惯他乡的生活了，还是淡忘了小时吃上紫菜苔包子的味道。想着吃一个菜包子还与兄弟们抢着的生活，是件多么不容易的事情啊。

现在，许是生活条件好了，吃什么都没有以前的味了。但母亲做的那个紫菜苔包子，像家乡的月亮，静静地泻在心里，尤其在夜深人静时，那包子的清香时时飘进心灵里，让人久久不能忘怀。

洁白，自带花香

曾在手捧玉的掌心中端详它的纯洁与光亮，也在世人的目光中寻找着那闪亮的眸光与真诚。在那凝眸的睫毛间闪动的那一瞬，我突然发觉，洁白是自带花香的。

那是一个其乐融融的午间，在众客爽朗的笑声里，她恬静地坐在对面。朋友说，她是护士。

忽然，我想起第一次扎针时，见那如丝般的针头，在玉白如纤的手指拍打下，毫无知觉地犹如蚂蚁伏爬的感觉，却见针头已伸进了血管里，她面带笑容地望着我心里紧张怕扎针的窘相，说了句心安的言语：不痛。

不痛。还没来得及回味这句心暖如母的话语，却见她伸出纤细白皙的手迅速抽走手上的扎血带，那一刻，天使般的圣洁，荡漾在心底也融化了怕扎针的心理。

往后，身有病痛扎针输液，或是多次跑针找不到血管时，我总是心念不忘那个扎针的护士，或是笑着对年轻的实习生说："扎吧，扎多了就熟了。"

其实，生活中的职业是一个过程。熟能生巧，巧媳妇在无米下锅时，也能想出常人无法想到的熬粥办法。

所以，对于天使的微笑，我常领略在细小的针尖上，也感慨那一身洁白如玉的乐观。针尖的艰辛，常在病人痛苦的背后倾诉一颗善良的心灵，也在万家灯火夜间熄灭的那刻洒下寂寞的泪水。辛酸，却给人精神的慰藉。洁白，却给人健康的希望。

那一针，是从善的心间流出的一份真情。那一笑，是祛除心中的痛苦给世人的一剂解药。

人常说，善良自带芬芳。天使的心，是写在病房里那张笑容可掬的脸上。

望着她，馨香从眉宇间冒出，丝丝飘来……

今日雨水

坐在家里，突然接到朋友的电话，说今日雨水了，问我是不是与媳妇一起回了娘家。

传统中，雨水这一天，有些地方的习俗，媳妇是要回到娘家的，必带一些礼品。有的地方讲究要带两把藤椅，上面还得缠着一丈二尺长的红带，称这是“接寿”，意思是祝父母长命百岁。有的地方带点罐头类的礼物，表示感谢父母的养育之恩。如是新婚夫妇，岳父岳母还要回赠雨伞，因女婿出门奔波，能遮风挡雨，也有祝愿女婿人生旅途顺利平安的意思。

杜甫说，“好雨知时节，当春乃发生”。雨水是“立春”之后二十四个节气里的第二个节气。与谷雨、小满、小雪、大雪等节气一样，都是反映降水降雪现象的节气，是古代农耕文化对于节令的反映。

雨水这个节气的到来，标志着一年降雨的开始、雨量逐渐增多的现象。俗话说“春雨贵如油”。在农耕时代，适宜的降水对农作物的生长尤为重要。但我国北方阴寒未尽，一些地方仍会下着雪。虽然已到春天，一些地方的天气仍是很冷。因春天风多物燥，易使口舌干燥，故春季肝旺而脾弱，饮食上宜少酸多甜，可多食大枣、菠菜、荸荠、甘蔗、茼蒿、山药等。因雨水过后，春风送暖，致病的细菌、病毒易随风传播，故春节易爆发流行感冒，也易被传染。为防止流感发生，平时适当用点儿白菊花、决明子、西洋参等泡上水喝。

不过，我国的南方却是春意盎然的景象。正如韩愈所写的："天街小雨润如酥，草色遥看近却无。最是一年春好处，绝胜烟柳满皇都。"

为此，雨水过后，一些地方农耕也就开始了，锄锄地，薅薅草，松松土。一年之计在于春，着手春耕的准备，播种一年的希望。正如清代高鼎在《村居》里所期盼的："草长莺飞二月天，拂堤杨柳醉春烟。"

雨水过后，人间树青柳绿，处处炊烟袅袅，个个期望一个风调雨顺的年月。

今天北京下雪了

早起，推开昨夜掩光而眠的窗帘，见地上白茫茫一片，窗外还在飘着细细的雪，犹如面粉似的，不停地下着。

今天是个什么日子，北京下雪了。日历上写着 2020 年 2 月 2 日。这一天是农历初九，也是首个因新型冠状病毒性肺炎导致春节假期延迟的最后一天。这一天，天遽然又变冷了，让人藏在家里，藏在不能出门的家里。

朋友说，今天是个好日子。因为日历的数字 20200202 万世难得，这之后今生难以遇见。

其实，每一个日子对每一个人来说都是过后不再重复，快乐也好，幸福也罢，不再拥有。

历史上这一天，没什么奇妙的大事，倒是有些日子是值得一记的。

1421 年 2 月 2 日，明成祖迁都北京，并改北京为京师。设六部、都察院、通政司、五军都督府、翰林院、国子监等机构，官员的级别也和京师相同。北京所在府为顺天府，并复南京所在府为应天府，合称二京府。

1895 年 2 月 2 日，日本侵略军占领南岸炮台后，又攻克威海卫北岸炮台，至此威海卫陷落。因威海卫位于烟台、成山之间，遥对旅顺，与旅顺同为拱卫渤海的门户，是北洋海军的基地之一。威海卫之战，清军惨遭失败，使甲午战争形势日益险恶，腹背受敌。

1920 年 2 月 2 日，胡适所著《中国哲学史大纲》，启用新式标点符号，这是我国最早用新式标点的书。

1922 年 2 月 2 日，华盛顿召开第三十次全体委员会会议，讨论关于中国要求废除“二十一条”问题。鉴于日本代表币原喜重郎声称，“二十一条”系两国之正式条约，反对会议“重新研究及审查”，遭到华盛顿的拒绝。

1928 年 2 月 2 日，国民党在南京召开二届四中全会，全面背叛孙中山的三大政策，通过《整理各地党务案》《制止共产党阴谋案》等决议，进一步镇压共产党人。

1932 年 2 月 2 日，南京政府密令海空军不准配合十九路军对日作战。密令海军：“日海军司令来函：‘此次行动，并非交战，如中国海军不攻击日舰，日舰亦不攻击中国军舰，以维友谊。’凡我舰队，应守镇静。”因此，日军运输舰搁浅于白龙港 3 日之久，中国海军不去轰击，以“维持友谊”。

1935 年 2 月 2 日，中华人民共和国国歌《义勇军进行曲》诞生。该曲由田汉作词、聂耳谱曲，诞生于抗日战争年代。1949 年 9 月 27 日成为代国歌，1982 年 12 月 4 日，第五届全国人民代表大会第五次会议通过关于中华人民共和国国歌的决议，《义勇军进行曲》正式成为中华人民共和国国歌。

1937 年 2 月 2 日，王以哲被杀，东北军分裂。周恩来闻讯后，严厉批评杀王的错误，并和刘鼎等到王以哲家吊唁。同年 2 月 2 日，资深记者范长江赴陕北采访报道，只身冒险进入西安，对“西安事变”作实地采访，先后与周恩来、叶剑英等人长谈。到延安后，先后会见了中共各方面领导人。在会见中，毛泽东回顾了五次反“围剿”的经验、教训和红军艰苦卓绝的长征，同时深刻阐明了中共的抗日民族统一战线政策。

1939年2月2日，陕甘宁边区成立生产委员会。毛泽东、周恩来、朱德、任弼时等都带头参加生产劳动。部队在“背枪上战场，荷锄到田庄”的号召下，开展了南泥湾、槐树庄、大风川等地的屯田大生产运动。

1948年2月2日，上海发生“申九惨案”。1949年2月2日，北平新华广播电台开始播音，1951年，改名为“北京人民广播电台”，并沿用至今。1958年2月2日，中共中央提出“全国大跃进”的口号。《人民日报》发表社论《我们的行动口号——反对浪费，勤俭建国！》。社论根据南宁会议的精神，提出了国民经济“全国大跃进”的口号。

1960年2月2日，国务院发布了《关于接待和安置归国华侨的指示》。要求各地根据国家的需要和个人的志愿，妥善安排归国华侨的工作。

2015年2月2日，哈尔滨市北方南勋陶瓷大市场仓库发生火灾，因火灾仓库坍塌，5名消防战士牺牲，死者均为90后。

2017年2月2日，休斯敦市市长西尔维斯特-特纳为姚明举行了欢迎仪式，并宣布将2月2日定为“姚明日”。

从史料来看，以上是国内发生的重大事件与情况。我们再来翻翻世界的历史，看看你了解多少。

公元962年2月2日，奥托一世在罗马被教皇加冕，奠定神圣罗马帝国的基础。

1535年2月2日，阿根廷城市布宜诺斯艾利斯建成。该城市位于拉普拉塔河西岸，是南半球最大的城市，被称为“南美的巴黎”。城市全名为“圣迪西玛特立尼达德圣玛丽亚港德布宜诺斯艾利斯”，据说是“世界上最长的地名”。西班牙语意为“好天气”。

1848年2月2日，美国与墨西哥签订割让和约。墨西哥割让德克萨斯、新墨西哥、上加利福尼亚给美国。

1913年2月2日，世界最大的火车站——纽约中央火车站建成启用。

1919年2月2日，爱沙尼亚同苏联签署《塔尔图和约》，并宣布独立。

1923年2月2日，英国军队撤出，爱尔兰26个郡成立“自由邦”。

1932年2月2日，日内瓦国际裁军会议召开。会议是在各国人民反对战争、要求和平的斗争日益高涨的情况下，由国际联盟主持召开的国际裁军会议。参加日内瓦国际裁军会议的有60多个国家（其中包括苏联、美国等9个非会员国），1500多名代表。大会由英、法、美等大国操纵。

1943年2月2日，斯大林格勒战役结束。苏军生俘德军9万人以上，被围的33万德军全部歼灭。震撼世界的斯大林格勒战役至此结束。德军在会战中伤亡约150万人，占其在苏德战场作战总兵力的1/4。

1945年2月2日，英美举行马耳他会议。参加会议的有英国首相丘吉尔、美国总统罗斯福。

1956年2月2日，加拿大安大略威尔顿城土拨鼠节起源事件。早晨8点，在安大略威尔顿城的郊外，当地的一个叫威利的农民偶然发现许多冬眠的土拨鼠都从洞穴中探出了头。威利根据传说进行了观察，发现了土拨鼠的影子。这个消息很快传遍了全世界。

1971 年 2 月 2 日，由 18 个国家的代表在伊朗南部拉姆萨尔海滨小城签署了《湿地公约》，并定为“世界湿地日”。

1990 年 2 月 2 日，南非总统德克勒克宣布废除对南非非洲人国民大会等反种族隔离政党的禁令，取消对非洲人国民大会（非国大）、阿扎尼亚泛非主义者大会、南非共产党等政治组织的禁令，解除对联合民主阵线、南非工会等 33 个群众组织的限制，释放曼德拉等政治犯，表态废除种族隔离制度。

于是，翻完历史，雪似乎停了。我见门前行走的人，个个戴着口罩，蒙着头发。是年这天，新型冠状病毒性肺炎应该降了下来。是年这天，在北京继一月五日第一场雪，今天应是下第二场雪了。

这样的雪天，坐在家里，泡壶热茶，品尝着茶水浓香的味道，悠闲自得地拿着一本书翻着，是不是有点儿林徽因，或是张爱玲的想法，一茶一书一知己。

这样的雪天，是个静候佳音的日子，也是静能安噪的日子。闷久了，烦了，看看门前的小雪，取一本历史翻着，发现人类无论何时何地，没有过不去的火焰山，即使是无硝烟的战争，也会人定胜天。

军号响起

坐在房间，每当窗外嘹亮的军号声悦耳地响起，我总忘不了塞外那个雪天的早晨，那座催人奋进的军营。

军营驻扎在大青山的下面，说是九月份的天，早起却下起了雪。那雪不大，薄薄地覆盖在地面上、杂草间、乱石堆里，让人不由得惊奇万分，这要是在河南老家，还不是热得汗流浃背、汗透薄薄的衣衫呢。

军校毕业时，接到部队的通知，要求我们毕业分配到那座营区的学员全部奔赴驻扎在内蒙古包头一带的连队进行集中训练。连队在山下，离城市很远，周围的村落寥寥无几，更不说有喧哗的集市，几天能碰上一两个当地的农人或牧民算是一饱眼福。

初到营区，风呼呼地刮着。脸上常是灰土蒙面，嚼在嘴里还有泥沙的感觉。早起从水管里接出的水冷得出奇，伸手拧起水里的毛巾，那水刺骨地从手指穿到心里，让人立即蹲在地上，痛得双手指头抽搐。但我们这群学员个个都坚强地笑着，露出乐呵的脸，口无遮拦朝天骂上一句："真他妈的冷。"

不几天，天上飘起了雪花。排长说："今年的雪，下得早了些。"

听了排长在房间对窗外念了一句。老兵在我面前窃窃私语地小声儿讲："三十多了，还没一个对象。"

我望着他那张粗糙的脸上，一条条细纹。他那双忧郁充满期待的眼睛，流露着对生活无奈的渴望，该找了，是该找了。

排长见老兵在排里叽里呱啦的，回过头来露出凶巴巴的目光，那老兵嬉皮笑脸地跑到排长的跟前叫了一声排长。排长愠火地上前一脚："你个老兵油子，吹哨！组织大家训练。"

我们冲着老兵一乐，跑步冲出房间，立在冰冷的风中，开始熟悉训练的动作。

往后实习的日子里，排长、老兵和我，总是亲密无间地敞开自己的心扉，敞亮心中的想法。排长说："实习结束后留下吧。托人在包头给你找个媳妇。"

我见排长真诚得像个大哥哥，心无目标地对他说："听组织安排，分到哪儿就在哪儿安家。"

个人的事，排长没再提起，也没再执意地让我留在大青山下的营房里，坚守那里的生活、那里的爱情、那个大青山下面的草原岁月。

实习结束后，我离开了那个山下的连队，也离开了温情似家的营房。

我走时，排长还未回家探亲相对象，也未听说有人给他介绍一个姑娘。那时，那样的营区那样的干部，在那样的山下那个空如寂寞的环境里，青春岁月的逝去唯有连队那军号天天响起时，才知心里的担子有多重，才知家是远远的，爱情也是远远的……

于是，每当军号从耳边吹来，心中泛起了一层层的水，一层层似波涛般的水。它不断地涌了出来，浸湿了眼皮，也染满了双颊。心里便忆起了那时的营房那个连队，还有那个排长那段岁月染成沧桑的故事……

苦尽甘来

在世事纷繁复杂的生活中，我常在一时望不到边的内心里渴望一种突如其来的幸福指数，那指数像出水芙蓉，从清水塘里露了出来，在如春的阳光里，散发出淡淡的清香。

有人问，那淡雅的清香是从哪里来的。长者说是从勤奋磨炼的意志中来，是从坎坎坷坷的经历中来。

人在成长的途中，常遇风雨，也遭冰天雪地。风雨时，有人能折枝为伞，也有人能扯草成衣。若遇上封冻的天气，有人能从雪窝里扒出干柴来，就地生火取暖，烤得脸上热乎乎的。

生活中的苦，莫不过心里的苦处，有的苦没有巴望的影子，也望不到希望的尽头，有的压根儿就难以实现，走不出生活的困境。失志的人常在这样的环境里爱摇头叹气，可坚韧的人，懂得珍惜不易的时光，拨灯点蜡，诲人不倦，孜孜以求。

有人说，熬不过苦中苦，怎能人上人？

其实，人世间的苦，有肉体的，也有精神上的。肉体的苦是饥饿之寒、酸累之痛，是贫困时衣兜里抠不出一分钱来，是饥饿时找不到一粒米吃。而精神上的苦却是思想之疾、意识之灾。

思想上的苦有人为的打压，也有自身的缺憾。若遇上人为的打压，需调整自身的心态，加强自身的素养，方能走出心中的“苦处”。若是自身能力的问题，还需有铁杵成针的锐气、愚公移山的精神。这样，总有一天会朗朗乾坤，光亮照人。

我常在生活的追求中，总爱多一份倾心，多一份付出，多一点儿操劳。也在他人的成长中爱汲取一些经验，寻一点儿光彩夺目的价值。这样，足以应对生活中带来的苦楚与烦恼，或因工作中的不便引起心理的不安，导致事情处理得焦头烂额。

为此，我常对子女讲，经得起风雨，就不怕大风大浪。经得起煎熬，就能吃尽人间的苦头。

为此，苦日子没了，好日子不就如晨曦光芒万丈地射来？为此，苦日子没了，好心情一拥而至，生活不就如爱荡满屋、否极泰来了？

老 友 粉

老友粉是广西饮食特色三大米粉中的其中一种，除平时朋友间说起的那个远近闻名的柳州螺蛳粉外，因只身广西少的原因，其余的两种米粉，我知之甚少。在北方的生活中也未曾听到席间的朋友提及过它。

记得刚离开桂林前往南宁时，因时至午后到达，单位的食堂已饭过人走，随行的友人便对我说："中午过了，在街头吃点儿吧。"

我望着他面带难色，一脸歉意的神情，便点头应允着。

于是，我俩沿街没走几步，见满街冒着炊烟的余香扑鼻而来，瞅着平日熟悉的几家米饭、包子铺，正在小店儿的门口前犹豫不决时，友人开口便说："到南宁来，吃点儿当地的特色吧。"

我望着他随后应了一声："好。"

他指着不远处的一家店铺，对我讲起了广西的特色小吃。他说："北有桂林米粉，南有南宁的老友粉，是地道的当地饮食。"

我听他在讲述的途中，一头钻进了眼前的店铺里。

那店铺不大，有十多平方米的地方，见两三个背着背包学生模样的店客坐在那里，低着头津津有味地吃着。我看着墙上挂着的食谱，开始琢磨自己来碗什么。

那食谱不贵，多数在十二三元。有带汤的，干炒的，鸡肉牛肉的，青菜素食的……我瞅了半天，最终要了份干炒的。

于是，我依墙边而坐，愣愣地望着店内依稀可数的几个客人，见他们的穿戴和打扮，应属于这座城市的匆匆过客而已。

身在异乡，人所求的除平和的心态与安全外，更多的是领略一下当地的风土人情给予心灵的慰藉。有时，一碗小汤是那样的津津有味；有时，一杯粗茶是那么的畅饮难离。

有人说，人一室一床而已；也有人说，人一胃一饱而已。

望着那个吃完米粉抹着嘴从衣兜里掏出皱巴的十元钱的男人，忽然，我想起自己在创业的跋涉中，那个初次步入滚滚红尘的世事里，觅一碗生活的温饱是多么地艰难，尝一口世道的烟火是多么地不易。

我曾在午间过后饿得咕咕肚叫肠鸣的煎熬中，挺着生活的渴望；也在醒来的早晨瞅着阴雨连绵的天气企盼晴天。在那个渴望的眼神儿里，我可随着父亲上山寻找生活的甜头；在那个企盼的日子里，我可学着大人的样子，挑起生活中的担子。

生活中有人身在高处爱盛气凌人，也有人出身贫寒却财大气粗。

望着眼前店员端来的一盘油淋淋的干炒老友粉，那细细的牛肉末和两片绿叶的青菜在盘子里显露着，那饭吃得好香，好香。

立　春

大家都说今年的立春来得晚，猪年过去了，确切地说是在正月的十一才立春的。

立春，对农耕来说是一年的开始，意味着冬闲的过去，忙碌的日子即将到来。

今年的忙碌与往年的立春大不一样，待在家里的人居多，外出赏春的极少。宋朝诗人赵蕃的《立春日小饮》中的“今日青春立，今年白发多”用到此日更为切意。

今年的立春，熬了白头的不在少数。这个愁为疫情发愁的除了上层建筑之外，更为民倾心分忧的要数钟南山等一批专家及医务人员了，一个是在愁中把控，一个是在愁中祛除。

春来了，把冬季紧缩的手伸出晃动两下，哪怕在家里，也是暖烘烘的。

其实，像去年那样的年尾，大家翘首企盼的是来年的立春之日了。因为今年的立春，是大家祈祷幸福的日子。立春来了，幸福随之吹进了千家万户，吹开了人们心中焦虑的情结，吹散了心中在猪年岁尾时带来的尘埃。

春说，守在家里，打开心结，万物便有了一个好兆头。春说，天，还微冷，地，还封冻，不要急于卸下护心的外衣。钟南山说，人要听话，不乱跑。即使再恶心的毒瘤藏在人群里，春风也能将其除恶务尽。

刚才，组长来电话时讲，不出门，不要出门。趁这个机会，在家多读读书。

帅气需要才气，才气需要护心，护心更需静心。

人常说，少安毋躁。这话虽常说给别人听，此时此刻也可以勉励自己。

今年的春天，虽有其寒，但寒气过后，应是春暖花开，风暖人间。今年的春节，静候在家，守望的是节气，守住的是幸福生活。

立春了，今天就是花开窗前，艳朵簇拥，也不会捷足而登。日子在后头，好日子更在后头，那一片片如花似锦的晴天，会在恰当的时机恭迎你从屋中走来……

路是畅通了

早晨阳光明媚，走出家门打开车窗时，发觉外面的天气还很冷。路边的树枝上冒出了小苞苞，但还没发出芽来。

我送妻子上班时，见路上的车从四环到三环一路畅通，车速也可尽情地开着。这要在平时，七八公里的路程有时要开一个小时左右。

那时，路上的汽车一辆接着一辆，尤其上下班高峰时期，慢得让人在车内心烦意乱，有时见前面的车堵了起来，一眼望不到头。心想，这城市的交通堵塞什么时候是个尽头。

于是，路堵，心里也堵，心中便渴望城市的交通要道有一个舒服的交通环境。那样，车到哪儿哪儿畅通无阻，人去哪儿哪儿能有一个轻盈便利的节奏。

可今年的春节，北京的路似乎与以往大不相同。街上车少人稀，路上更是通畅无比，平时跑半小时的路程现在需要几分钟就能到达了。原来是因为新型冠状病毒的预防，大家都“闷”在家里。可这样的情况自春节以来已持续两个多月了，人们焦虑的心中不知什么时候是个了结，都在观望中慢慢地等待，都在煎熬中盼着这样的日子过去。

心想，这路是畅达不堵了，可人心里却堵得慌。

心堵，身体是要出现问题的。心堵，人的健康也就受到了影响。

有时，人若萎靡不振，精神会出现恍惚，做什么都提不起兴趣，整天无精打采的样子。

于是，心中又向往那车缓路堵的日子。

因为车缓，是生活中的一种节奏，也是人世间的一种苦累。人常说，苦点儿累点儿不可怕，怕的是心情不舒畅，怕的是心里添堵。

望着这样的日子，瞅着这样的生活，心中巴望着那种车流如蚁、人头攒动的季节。那样，路一时堵点儿，心是轻松的，身也是轻松的。

玫瑰花都去哪儿了

今天是什么日子？街上冷冷清清的，没有往日的叫嚣喧嚷，也没有怀抱一束鲜花的心仪男子走来。这是怎么了，今天是二月十四日啊，我怕记错了，又打开手机看了一眼日历。

没错，今天是二月十四日。我自言自语着，望着眼前雨夹雪的天气，一阵冷飕飕的风吹来，钻进衣领里，身子不由得哆嗦了两下。

我望着密密麻麻的雪，这个不寻常的天气，也来凑个热闹儿。它是想阻挡这条浪漫的街头吗？还是飘洒着有情人的思念？在这个"疫情"未退的春天，你来得不是时候。你的浪漫，化作了蜗居人的雀巢；你的香馨，沁入了发烧人的心里。你的鲜花，让多情人换了口罩；你的窃窃私语，变成了公众的台词，在心中举着玫瑰喊着："中国，我爱你。"喊出了"加油"的力量。

特别天气碰上特殊的日子，大家学会了放弃。异常情况遇上平常的习惯，大家懂得了珍惜。

我瞅见一个戴着口罩的男孩站在长安街上，街上空空荡荡，他怀抱一束用口罩插满的"玫瑰"，一动不动地深情地凝视南方。雪一个劲儿地下着，飘落在那束"鲜花"里，洁白洁白的，仿佛似一张远方护士的笑脸，张望着有情人的期待。

我见那男孩身着迷彩的服装，便走了上去，深情地问着：“你这是送给谁呢？”

“给我姐姐，她在武汉火神山医院。”那男孩说着，眼泪流了下来。

“怎么不买束玫瑰呢？”

他望着我，想说什么，那话又咽了回去，好半天又说了一句：“她不要玫瑰，她说多给她买些口罩，情人节那天寄给她。”

他的姐姐一定还没有对象，这样的年龄承担着这样的使命，那是军人的家国情怀啊。

或是这个日子，这个时候，他的姐姐在火神山医院里感受到了病房里一张张不向病魔屈服的笑脸；或是这样的天气，这样的节日上苍给她送去一份健康为乐的贺礼。

难怪，今天的情人都待在家里，原来是在为人民的幸福祈福。难怪，大街上的玫瑰花置换了一个个口罩，原来生命比浪漫更为珍爱。

于是，走在街上想着这个别致的情人节日，那花开在哪里了，开在有情人的心里了，开在默默思念的情怀里了，开在一个个守住健康快乐的日子里了……

门前那棵桃树

门前那棵桃树，终于红艳艳地在暖和的春风中朵朵怒放。站在门前，远远望去，那花特别鲜艳，红得像早晨刚出的太阳，给人一种美好的向往。

这棵桃树，离楼前有四五十米远。桃枝刚冒出花骨朵儿时，就见有人走近树前张望着，伸手扯着树枝在胸前嗅了嗅。有时，这个人前脚刚刚离去，那个人后脚跟着走了过来，立在桃树下，释放各种心情，有仰望树上花枝的，有揪着桃枝拍照的，有专门走上前去欣赏的……有男有女，有老有少，他们都是那样喜爱桃花。

每次跑完步后，我也走在那棵桃树的下面，攀上一枝桃花瞅着。桃花没开时，我仔细地端详它露出红红的小苞苞。没几天，花苞越长越大，满树枝编成辫儿，像缀满红色的珍珠，一颗颗是那么的讨人喜欢。有时发现昨夜还是指头那么大的花骨朵儿时，早晨起来见它张开了笑脸，花瓣红红的，花蕊黄黄的，像一根根金黄的线头从花心中探了出来，那花朵朵通红，娇滴滴的，在春风的吹拂下，满树神情别致，相互摇摆着，拥挤着，飘逸着，像年轻的少女，舞弄着身姿。

那树妩媚的桃花，无论老人还是年轻人走到那里，都停下了脚步，带着一份闲致的心情走上前去，露出开心的笑靥。有的人离开很远还回头望着那树盛开的桃花，还在心中留下了一段美好的回忆。

可是，前天中午我刚回到门口，见一个老人和几个孩子在桃树下，揪着一只桃枝使劲儿地扯着，一些花瓣纷纷从树上被摇落下来，也有一些未开的花骨朵儿掉在地上，见这么几个调皮的小孩子，心里暗暗地惆怅起来，也为他们的淘气而惋惜，那一树娇艳的桃花啊。

孩子折弄一阵子后，我过去见一些树枝被折在地上，便弯腰拾了起来，愣愣地瞅了半天。那花躺在地上，像天使的眼泪，一瓣瓣伤心地散了一地。

忽然发觉，生活中有如桃花一样的遭遇：当你尽情地享有自己的幸福时，冷不丁遇上了不该有的麻烦，招来一场意想不到的横祸或恶意的处境。那事如被扯断的桃花，总有人在背后使坏……

拿什么来谢谢你

生活中，朋友之间常有些小事让人相互关怀备至、互相尊重理解与支持，有时那种微小的帮助让人心里温暖无比、备受感激。

有的是紧急之情，突发之事；有的是难解之题，长期之难。有的心急火燎，如孩子到龄求学、老人病痛求治。有的细小得不足挂齿，如朋友圈里点个赞，举手之事搭上桥、牵个线什么的。这些缘于生活中的不情之请，也有无奈之中受请之事。无论哪一种情况，都应怀有一种感激之心。

有一个朋友对我说，多做善举之事，不情之请之事。把别人的小事当作大事来办，认真地去办。这里不是求来他人的感谢和鞠躬，而是以自己一颗善良的心境对待自己。

朋友说这些话时，从周易到佛教，从孔孟之道到开国明君，列举了善举文明的宏德，也讲了小人长戚戚的悲哀。

拿什么来感激你，是你的善良让人感同身受，是你的细小如大山川流的温暖。拿什么来感激你，是天地之爱的磁场共振，也是知行合一的道德规范。

心生感激，是那句牵挂的问候让人牵肠挂肚，是那个帮助的承诺让人老泪纵横，是那件不足挂齿的日常小事让人终生难忘，是那种暖心的举动让人怦然感慨。

不情之请，是因为昔日升迁的路上那种充满肯定的情怀投来赞许的目光，是昨天傍晚那场猝不及防的雷雨天气里举起的雨伞。

不管情小如蚁，还是事粗如象。帮助是心底无私的奉献，伸手解朋友眼前之难是善莫大焉。

生活的点滴来自授以木桃，爱的感激来自内心的感受。每次的出手相助或那种温情的目光投来，总是谢意如海水推波，又似生活窘相时砸锅卖铁。

人常说，人情难还，那种微乎其微的小事更难偿还。

拿什么来谢谢你，拿一个与人为善的心境，拿一个对陌生人的真诚。

那年春节在值班

对于一名军人，回老家过年是一种奢望，也是一件非常不容易的事情。

在连队，每当春节来临时，也是仅有的几个兵有这样的待遇，或是家中有特殊情况的干部，在上级批准后才有机会回到老家，与亲人们团聚，过个幸福的新春佳节。

记得那年冬天，我在一个连队当排长。那时，连队训练很紧，白天黑夜都在各自的岗位上苦练着军事素质。大家谁也没有把心思放在回老家过年上，一直在连队坚守着自己的岗位，无私地奉献着青春岁月。

那天，天很冷。不一会儿天空雪花漫天飞舞，纷纷扬扬，山上树上白茫茫一片，分不清是山是路。我们不畏风雪，像平日一样按时到山头的阵地上训练着。

突然间，机器不转了。

连长跑了过来，急忙问我怎么回事，让我抓紧修好。

连长话音没落，营长也跑了过来。他望着我两只油渍斑斑黑乎乎的双手，正在拆卸机器。

“王排长，半个小时你能修好，春节我批你回家。”说完，营长认真地看着我。

我咧嘴冲营长一笑："营长，争取二十分钟排除故障。"

连长在一旁急了："别吹，快干活。"

"全连都等着你呢。"连长瞄了我一眼，又补了一句。

当上好最后一个螺丝后，我的双手冻得生疼生疼的。我见不到二十分钟机器的螺丝上好了，一按按钮机器轰隆隆地响了起来，我冲战士们笑了。营长见后，什么也没说转身和连长离开了。

春节快到了，连队让文书统计休假人数。据文书讲，干部春节探亲就一个名额。连里还没研究决定谁回家过年，营里却来了电话，说把王排长报上来。

营长没有失言，决定让我回家过春节。当得知这个消息时，我在排里快跳了起来。排里战士说，排长真幸运，能回家过年了。

不几天，连队一名干部来找我，说老娘不行了，想回家看一眼，问我能不能替换一下。我望着他说这话时泪流满面，泣不成声。便犹豫了一下，对他说："你跟连长讲一下吧，组织决定让我春节值班，我就决定留下来。"

他伸出感激的手，给我敬了一个军礼。

当他还没放下举起的手时，文书跑了过来，说连长找我。

我匆忙跑到连长办公室，连长让我坐下，说有事要跟我商量。

我瞅着连长脸色有点儿为难的样子，对着连长说："连长，你说吧，我坚决服从组织安排。"

连长见我表了决心，开口说着："排长，连队训练紧，春节要担任战备值班，你走了我不放心。"

话没说完，他从桌子上拿起了一盒烟，抠了半天从烟盒里抽出了一支，含在嘴里，并没有及时点燃吸着。

于是，他从嘴里拿下那支香烟后对我说："你考虑下，连里是这么决定的，春节你留下来担任战备值班。"

我见连长说这话时有点儿为难，但又不得不听从连队的决定。我连忙起身表示：“连长，你放心，没有任何思想情绪。我留下来值班。”

在那个年代那个岁月，官兵春节值班不能回家是常有的事，也是一名军人最普通的一件事，一件神圣的事。

这之后，在连队，每当春节到来，回家是多么让人向往又鞭长莫及的一件事。

你的心意，我铭记在心

生活的阳光总在风雨之后给人暖意的笑脸，人的心情总在事有眉目而得到解决的那个时刻心感安慰。

做人不能为五斗米折腰。生活的难处往往在于一个举手之劳，但举手需要勇气和力量，也需要宽厚与仁德。

没有力量，再好的事情托不到胸前；没有勇气，再简单的心意，落不到实处。

生活需要仁爱，仁爱的人懂心，也会感恩。

许是一年没见你了，许是你的事还遥遥无期，你的眼神儿常在黑夜里悄悄地从窗户射来，也常在忙碌的瞬间从心底泛起。

是那棵菜园里捎来的白菜吗？是那捆手做的细粉吗？那个乡情，那个亲情，像冬日的火炉，闪动着吱吱啦啦的声音。

记得一个雾起的傍晚，我在车上见你在路口匆匆而过的身影，显得憔悴，显得忙碌，身后那个女孩许是你的孩子。我想走下车，叫喊一声。但见你远去，即刻消失在南来北往的人群里，消失在烟波浩渺的时光里。

我好长时间没有回过神儿来，还在酸楚楚的回忆里目呆神离。

于是，我记住了那日的风，不大，却迷住了双眼。我也记住了那日的天，不冷，却凉透了心底。

回来后，我收拾了一下心情，也收拾了一下流失的岁月。仿佛青春年华的失去，像风一样刮得太快，又似那本泛黄的日历，无法翻起。

还记得那个河边的青草吗？还记得那棵路边的红叶吗？那种记忆像甜甜的酸乳，瞬间一个朗日迎来，照在了一个冰心玉洁的世界里，让人留恋不舍，难以忘怀。

前面那条沟

生活中的事，总在意想不到的情况下，碰上些沟沟坎坎，也总是在那样的沟坎中学会了人生中难得的攀爬，也懂得了一次沟坎的越过，多了一种成熟的经历。

记得那年春天，雨淅淅沥沥地下着不停。母亲走到屋檐下抬头见天空的云灰蒙蒙的，檐下的雨水不断地滴流着。母亲回过头冲着正在屋里整理书包的我说："军儿，不去了吧。外面的雨还很大，桥那边过不去。"

家门口那条沟不宽，但很深，沟坎边全是石头，不知什么时候，村里人支上了一根独木桥。晴天走在上面，胆小的人很害怕，一不小心若掉进沟里，容易摔伤身子。要是雨天，村里人很少出门路过那里，怕踩在那根独木桥上打滑掉下去。

外面的雨一个劲儿地下着，母亲回到屋里一直念叨不停："跟老师说一声，不去了。"

我见母亲担心的样子，像个大人似的对母亲说："不怕，沟里过不去，我就回来。"

于是，我背着书包，披上蓑衣，戴上斗笠走出了家门。

那雨似乎没有一点儿停的意思，我走在泥泞的小路上，听着门前沟里哗啦啦的流水声，心想那根碗口粗的独木桥被淋得湿湿的，是不能过了。我便沿着那条沟向上走着，见沟坎高高的，深得没法攀爬，我扶着斗笠继续朝前走着，但雨水顺着手流了下来，钻进了衣袖里，里面的秋衣瞬间被打湿了。

大约走了半里的路程，我见那沟中的深水潭旁有一块石头，心里想借那块石头跳过去。因那块石头靠近对面山坎，一步跨不过去，我试着几次想过去，但终不能如愿。我便解开身上的蓑衣和头上的斗笠，使劲儿扔到了对面的山坎上，自己纵身向对面跳去，因身子不稳，双脚掉进了泥潭里，裤腿也湿透了。我一边拧着衣裤上的水，一边望着那块石头，想过这条沟真是件不容易的事。虽然裤腿湿了，终究还是过来了。

自那时起，每当生活中遇上一些沟沟坎坎，我总是笑着对自己说："这都是生活中的一种经历而已，咬咬牙，坚持一下就过去了。"

往后，无论有多大的沟坎，有多大的艰难，只要有信心，心里像晴朗朗的天空，总是一片明净。

青草芊芊

岁月匆匆，世事别离。忽觉寒风刚过，春风又吹进了眼帘，绿了山坡，青了地皮。哪怕是方寸间的土地，也芊芊绿意。

于是，一些人放下心情，牵着冬日懒洋洋的手，在草青的地方，舒怀着诗情般的话意。这种自然的纯情，哪知人性的凄凉与茂盛。

朋友说，往事还在，思念走远。不知何时他心中竟生出这般凄楚的声音。忽然想起了明代戏剧家梁辰鱼的一句名诗："稽山路远，叹长亭缥缈，芳草芊芊。"

是啊，虽然草已茂密，但那远去的路还不知道归期。于是，我思念着朋友的话，想起流泪的往事。似乎人生中的芊芊，总长在错过的季节，有时春风刚过，草已发黄；有时叶未舒展，树已干枯。

生活中，在渴望的时候，总有一场雨冷不丁地淋了下来，有时让人猝不及防，有时让人避闪不及。慢慢地，心中便向往那块绿草茵茵的地方，也期望春风吹来时树密成荫。

唐代诗人张聿在《馀瑞麦》思考着人世间的辛酸发出心底里的感叹："仁风吹靡靡，甘雨长芊芊。"

其实，人生的道路上芳草萋萋，需要一种仁爱之心。这种仁爱需要一个人对事物的毕恭毕敬，宽容大度，真诚相对。恭，在生活中要相濡以沫。敬，就是要孝敬长者。只有这样，一个人才有气度与胸怀，为人诚恳，自然也会德高望重了。

一个人只有走出人生的冬季，步入春暖花开的时节，才能打开一个人的花枝招展的心灵，使人像绿草菁菁一样，清新瑞丽、芳香扑鼻。

人还是有点追求好

因疫情蜗居在家里已有一个多月了，早晨见窗外阳光灿烂，风和日丽，行人中有快步走的，也有慢跑的。望着他们随意放松的样子，在楼前悠闲地走着，心里也痒痒的，想出门见见太阳，陶醉在门前的春风中。

于是，转身在家里穿上衣服，戴上口罩出门在小区的步道上跑了起来。风顺着脖子往身上灌着，吹得凉丝丝的，见眼前的树在春风中不停地晃动着，一些树枝的细梢儿上已长出了一些青青的绿芽芽儿。

我揭开脸上捂着那个不太透气的口罩，深深地呼吸了一口春天里的空气。一时间感觉空气特别清新，一下子沁入肺里，一种美妙舒服的感觉涌出心里，天真好，蓝蓝的。

心想，这不就是我们想要的幸福生活吗？有人问幸福是什么，其实，幸福就是一种感觉。有物质的，也有意识的。物质的是身体健康，生活中有吃有喝，有穿有住。意识是神奇的，是一种精神追求。一个人再多的物质，身心缺乏一点儿精神劲儿，似乎少了追求，如同行尸走肉，酒囊饭袋。

这些天窝在家里，常见网络里相互传递的问候话语，多是身体健康比什么都重要的感叹。但因这样的疫情躲在家里，没点儿追求，即使有一个好的身体，也容易变得烦躁不安，莫名地上起火来。

所以，人既要身体健康，又得身心健康，才是幸福快乐的人。

身心健康需要一种精神，精神的力量能打通愚者的智障，也能赶走心理的病痛。荀子说："锲而不舍，金石可镂。"老子讲："重积德则天下克。"人在一种精神境界中追求，会重于泰山。那些坚守"疫"线的普通大众，那些冲在"疫"线奋斗的医务人员，那些传递爱的奉献使者……都是属于精神的追求者。

因此，顺境时，人容易追求物质的完美。逆境时，更需自重，懂得珍惜生活。若少了追求，即使在家天天有吃有喝，也是过得淡而无味，如同嚼蜡。

为此，在这种烦闷的生活中，需打开心灯，点亮心中的智慧，在心静如水时，或捧一本诗书，或钻一点儿知识，长一点儿精神。这就是人在闲暇之时的一种追求，人有了这种追求，生活才能乐在其中，也能消除眼前的焦虑，那个心神不宁、坐立不安的窘态。

三月，聆听桃花的落声

三月，找棵桃花朵朵绽放的树下，瞅着满枝粉红的花蕊，听着那花瓣飘落的声音。

那份闲情，那份雅致，在风和日丽的阳光下，见片片桃花，洋洋洒洒，悄无声息地落下。那不是岁月匆匆而过的脚步，也不是昨夜窗前飘落的细雨。像时间在年轮中老去，怕惊醒多情的心思。

做一件事情，不要怕昨夜的风雨阻断了今天的河堤；赏一脸春色，不要担心花的飘落，芳草萋萋。

花开，能闻到花蕊的芳香，欣赏花的娇艳。花落，能感受花的从容，花的飘逸。有时，一阵微风过后，那如雨般的纷纷洒落，也是一份惊喜。

惊喜它的舍弃飘飞，惊喜它的芳菲尽然。忽然想起唐代诗人张旭对花落的赞叹："桃花尽日随流水，洞在清溪何处边。"而李白更是一片痴情："桃花流水窅然去，别有天地非人间。"

桃花雨过碎红飞，半逐溪流半染泥。望着三月的桃花，在沟坡、在溪水、在田间、在村头……一棵棵一树树，攀在枝下，扯着花香，那阵桃花细语，已醉入心底。

于是，不等抬头凝视，那花飘在脸上，钻进衣领里，像个腼腆的小姑娘，忸忸怩怩，不愿出来。

这时，细细想来，才知花的羞答，花的含情，花的芳心。竹篱茅舍，桃飞柳绿，纤纤玉手，捧着瓷瓯，闻着飘香，盛半瓯茶，寻着桃落翩翩，嫣然影沉香浅，静中飘然。弯腰拾起一片，见数朵粉菲，几分轻盈，几分淡雅，几分心中绵绵。

踩着阳春三月，桃花如水，纷纷亮在眼前……

三月的风

满眼不堪三月喜，举头已觉千山绿。经历了一个漫长而不安的二月，刚踏入三月的门槛，心已被门前披绿挂红的树木花草所迷住。

三月的风是万物开阳的诗篇，在世事花好月圆的情怀里，记叙着日的沐浴，月的静雅，体味着阳光的明媚，细雨的飘落。

风在三月里，带着雨的记忆，雨的柔情，细洒着人间烟火，相约在阡陌之上，沁入在枯枝草丛里，让树变绿，让草发芽儿，让花含苞待放。

那股春江水暖的流水，飘逸着枯木逢春时的芳菲；那座哗啦啦流水的小桥旁，小鸟不时地窜来窜去；那条扬拂的柳堤，已涌入行人觅春的足迹。

阳光下，风轻轻地吹着，树在招展，花在怒放，草在泛青，人在欢歌。多少柔情蜜意，顷刻间醉入窗帘，荡满屋里，扑进风柔月夜，把人消瘦。

雨天里，蒙蒙细雨，在竹林，在山间，在田野，风吹叶摇，枝晃雨滴，那一片片清新的树绿，那一块块草湿的地皮，露出湿淋淋的叶苗，在雨飘漫洒的天空里，诉说着陈年往事，舒展着明日的芬芳。

那风吹在脸上，滋润在心里，人的筋骨也通畅自如，肤如凝脂，面含春风。那风吹进山上，虫儿爬了起来，张开懒洋洋的翅膀，在青青的树叶周围，嗅一嗅新奇般的世界。

有人站在桃花树下，攀扯着树枝，闭上眼睛，深深地呼吸着花蕊的清香。有人漫步在梨树林里，享受着花瓣纷飞的优雅，一片片在眼前滑落，或弯下腰拾上一瓣，怜惜落花的从容。有人奔往山里，赏一山春色；有人踯躅在河堤上，任由柳的絮叨，风的吹拂，人的拥挤。

在这样的季节里，那风像寻巢的归燕，又似含苞的花红；那风似缠绵的雨雾，又如抽芽的柳枝。在阳春的三月里，给人以柔情，给人以希冀；在乍暖还寒的风中，给人以凝视，给人以阳光。

一夜东风弄，春花无处隐。为此，有人站在淅淅沥沥的小雨里，品尝着春天里的风。有人陶醉在粉色的花海里，渴望生活的情。

在有雨的日子里，举起心中的伞，才知风的浪漫。在花开香馨的时刻，踏进花蕊的跟前，才知人的清闲。

于是，三月的风舒展了万物的复苏，也吹醒了万物的情丝，那复苏的景象，像梦的涟漪，驻足在眸子里。

伞

那是一个七夕的傍晚，记得一直下着雨，那种缠绵绵的，不停地滴流着。

彤说:“去铁桥上看雨吧。”我望着她心怀期待的脸，在寻找古老传说的情结。心便应允了，也肩并同行地在她举起的花伞下，向铁桥走去……

其实，铁桥上的雨与门前的雨同是一片云层而落。而寻趣的应是伞的浪漫、伞的情结、伞中的呢喃。在那座铁桥上，思着久远的爱情故事，也向往着那种生活的甜蜜。

于是，走在铁桥上望着傍晚天边的雨，听着桥下奔流不息的水声。雨滴打在小花伞上，像是滴进心里，奏一曲神话织女的心声，又像是牛郎期盼的目光闪动的泪水，倾诉在河里。

“看，那虹!”彤蓦然抬头的瞬间，忘了手中的伞，不小心被风吹进了河里，她“呀”了一声，望着伞被河水冲走了，在眼前翻了几滚，脸上居然没有哀叹的口气，而是开心地伸出双手，望着淋漓的雨，却品着雨的滋味，也是爱的滋味……

我见伞在河里瞬间不见踪影，且不是七夕中的一个留恋？或许是心里的一种惦记。

往后，有雨没雨的日子，望着街头的伞，总在流失的岁月里泛起了那段难忘的时光，也为苍老的路上谱写了一曲人文的回忆。

那份情，印在了铁桥之上，也留在了那个七夕的傍晚，随那滑落到河中的伞，徜徉在未来如辛的路上，也穿过鸟儿欢快的树林里……

沙漠石河的水

在千斤黄庄水库坝下不到一公里的出口处，有条一年四季水流清澈汩汩而下的河水。那河，当地人叫它沙漠石河。河水临汛时，那越石而过卷起的水花，像一群山里人叽叽喳喳的笑语，给人一种轻松愉快的感觉。

追河溯源，那河的尽头应是王楼、周冲等山涧里的细流流下的河水。那里山高林密，河宽水清。有人说那是天生养人的地方，也有人说喝了这样清净甘甜的河水，心里会蕴藏着一丝丝甜意，也可冒出一缕缕初心可摸的气息。

那是很小时，常是鸡叫三遍天还没亮，我们便挑起生活中的担子，将头天上山打回来的干柴挑到集市上卖。每次快到沙漠石河时，听着河里传来哗哗啦啦的流水声，望着东边天上那颗贼亮贼亮的启明星，像是看到生活中的希望似的，心里总是深深地吐出一口轻松的气息，心想终于快到集市上了。

这时，不知哪位大哥哥冒出一句："到沙漠石河了，休息一会儿吧。"于是，大家放下肩上的担子靠在路旁，起身跑到沙漠石河里，伸手捧着水往脸上用手抹着。有的还蹲在河边双手捧起水咕噜噜地喝了起来，随后直起身子冲着我们咧嘴叫着："这水甜，真甜。"

其实，能尝到河水的清甜是山里人知足知乐的心态，也是身感疲惫的人趴在河边寻求口渴滋润心情的奇妙变化。

那水从山里流到山外，汇入大江大河，在纯朴与憨厚的情丝中，奔向的却是未来与希望，这种奋进的路上如滴水汇聚成流，在那样艰辛的过程中，也有辛苦中的快乐。

因此，每次前往老家，路过沙漠石河时，我总有一种少时的冲动与欣喜，总想跑到那个堰边流水的深处，捧一口河里的清水，抿入嘴里，心如绽放的花朵，洋溢在辛酸的情丝中。

一次从老家回到单位，我对肩扛金星的领导说："家里环境很好，河中的水还像小时候那样清澈干净，小鱼成群地游着。"他惊奇地瞅着我："有机会去你老家看看。"

那是沙漠石河里的水，从家乡山沟沟里流下来的水，它甜甜地烙印在成长的路上，孕育了一代又一代人的艰辛，也浇灌着一代又一代山里娃的成长。

为此，我想将河的两岸，芒种时染成金色的稻田，让沉甸甸的穗香，迎来男耕女织的时代；我想在黎明破晓的时分，唤起成群结队的鸡鸭，在川流不息的河上，奔向小桥流水的人家……

山上的茶叶又嫩绿

老家的山上有一片茶叶树，每年春天茶叶树在山坡上的梯带里冒出绿油油的茶叶，茶叶尖尖的、嫩嫩的、绿绿的，趁谷雨前摘回来在锅里炒着，我们称它为“雨前茶”。

雨前茶应属于茶叶中的极品，做工也比较细巧。采摘时，把开春茶叶树冒出尖尖细嫩的叶芽一根根地摘下来，然后回来用小火在铁锅里慢烤，另一只手在锅里不停地翻腾着茶叶。这样，炒出来的茶叶清香，泡出的茶水清新绿亮，香气四溢，喝起来润嗓沁肺，香甜可口。有时喝到肚子里，半天时间嗓子里还有甜甜的感觉。

那时，每次烤茶叶时隔壁二哥常过来教我们做法，他时常讲，做茶心要细，不能偷懒，人懒做出的茶不好喝。他教我们烤茶叶时手要均匀地在锅里不停地甩起锅中的茶叶，不然，炒的茶叶不匀称，出现火大火小的情况，那样的茶叶不好喝。火大有煳味，火小泡出的茶水没味道。我见过隔壁的婶娘把没有炒好的茶叶放在太阳底下晒着，大家见后望着婶娘嬉笑地说：“这茶做时火小了，太阳晒着喝起来有日头味。”意思是说，那茶不好喝。

记事起，茶叶长出嫩绿的尖儿时，我们提着菜篓子随着父母上山去采茶。有时一上午采不到半篓子，累得腰酸腿痛，直不起腰来。那时，我们不太懂事，认为采茶叶把茶树上的叶子摘下来扔进菜篓子里就可以了。所以，采茶时不分青红皂白，不管叶大叶小、刚冒的还是一些老叶子一把把地揪着，往菜篓子里扔着。有时，觉得细小的尖尖儿摘起来挺费劲儿的，就拣大片的摘。回到家里，母亲瞥见菜篓子里尽是一片片老叶子，伸手摸起扫把朝我们打了过来，说我们不细心，不知道摘些嫩尖尖的茶叶，说那样的茶叶价钱卖得贵。

后来，每次采茶时，我们注意到那些幼小的细芽芽儿，伸手把它摘了下来，有时半天工夫摘不到一把。母亲做茶时，趁她不注意我偷偷地从锅里抓了一小撮扔进茶碗里，那茶水立刻在碗里泡出青绿的颜色，最上面还飘着一层淡黄淡黄的茸毛。顿时，一股香气从碗里飘了出来，我端起来轻轻一闻，那种清香的味道，瞬间钻进鼻子里，好香的茶啊。我见嫩嫩的茶叶尖儿沉在碗底，那茶应属于好茶了吧。

往后，春天刚到时，我们就盼着山上那片茶叶树，希望它长得嫩绿绿的，做些好茶泡水喝。有时，母亲做好后常留起来等着过年来客喝。有时，她在电话里又对我们讲，说家里的茶叶做好了，准备给寄点儿过来。

老家的那片茶树一直还在那里长着，因村子里的人多数都去城里生活了，那片茶叶也很少有人采摘了。茶树长时间没人打理修剪，一些树枝长得老气横秋，也有一丛丛地枯萎起来，不像先前那么绿莹莹的，充满生机的样子。

去年的春天，我特意回去了一趟，跑到山坡上。望着一棵棵透着绿芽的茶树，对隔壁二哥说，茶叶挺好的，纯天然绿色食品，种起来吧。二哥望了望我，心里有些忸怩起来。我见他有点儿犹豫不定的样子，继续对他说：“那块地挺敞阳的，长出的茶叶也好，城里需要的就是这个。”

他又瞅了瞅我："能卖些钱？"

我说："茶好，应该没问题。"

秋后，二哥打来电话，说正去翻挖山坡那块茶叶地。茶树有人修理，一定能冒出新芽来。今年开春不久，他喜出望外地录制了一段视频，说那茶叶长得很茂盛，绿油油的，特别喜人。许是摘了下来，泡出清亮亮的水来，喝着喝着有股润喉的滋味。

赏　云

赏云有时站在地上，有时立在雨中，但在晴朗朗的天空里，对云的欣赏莫过于坐在飞机上，从巴掌大的窗口端详云的形状、云的絮缕、云的安逸。

于是，透过飞机的窗口往下看，那云白絮如棉，一缕缕，一丝丝，一片片，悬浮在空中，有似莲花盛开，有似群山耸立，有似慈母哺乳，有似昂首苍穹，个个是那么随心所欲，又是那样地寂单影离，一动不动的，飘浮在墨绿的山峦上，安静地编织着蓝天的花絮。

好想伸出手去够着它捧上一捧贴在胸前，做一件薄如蝉翼的衣裳。好想躺在云的上面任它游动，守望着草原，飘落在山川，在惺惺相惜的夜晚，等待一阵轻风过来，吹来灶台里的飘香。

云，一点点地从身后移去，远处又是朵朵跃入眼帘，像列队的士兵纹丝不动挺立在那里，给山川一份纯洁，给蓝天一份安然。

记得在海边赏云时，印象里它似从海里钻了出来，直扑海面，排山倒海的气势，那时抬头伸着脖子想跳上去伸手把它扯下来，让人钻进去，驾着云雾看心底里的世界。

生活中，看云多数站在地上，若有一天跑到天上去看云，眼前一定是个花花绿绿的世界，一个忙而不闲的世界。

世界很大，相识却在身旁

在世事纷繁复杂的人流中，我们常在经意不经意间偶遇，也常在茫茫人海中碰上一面之缘。

于是，心中顿生感慨：这么巧，遇上你了。或是你熟悉的也是我的相识。

人常说，人以群分。群分的人注定有不请自来之分，也是时光之缘。时光能决定世间之大的事物与人在某个特定的环境里相识、相认、相亲、相爱。

那是在沈阳，一个很冷的冬天，我与三十年前新兵连连长田克一起叙旧。三十多年了，他和善的脸除显得更加成熟些外，还依然留存着新兵时的爽朗和矫健、幽趣与刚毅。

那天，我们在席间忆起军营生活的同时，他还叫来了曾在一个连队生活的战友。那人比我大，沈阳当地人，说是见过我一面。连长说，我考学临走那年，他刚毕业分到连队当技师。

在与他唠嗑时，他讲了自己的经历及家庭，也在满脸荣光中讲述自己同学在军中的骄傲。他的同学一个在军事检察机关，一个在军委某个单位。当我听到他说出同学名字的一刹那间，会心地笑了。感叹世界之大，在那个陌生的地方，却有着曾经相识的人与事。他嘴中所叙的两个人，一个曾是我的同事，在他仕途出现人生的拐点时我曾帮过他，而另一个却是我的组长。他惊讶着，他激动着，他讲述着，他端着杯起身相请着……

当他得知我是河南新县人时，他眼睛一亮。他说他刚结婚的儿媳是新县的，在县城边的一个湾里，并说来年去看看。

那天，我们聊得像一家人似的。那天，我们不约而同地从心底里发出了邀请。

我常想，人的相遇是在一个特定的时间里遇上的一种缘分，也是一个不情之请。这个情多是陌生的，又是在遥远的地方，但彼此间通过另一个中介的界定寻求相互开心的人或事。那人是缘分的引子，那事是兴趣的话头。人与人之间有了这个引子与话头，彼此间不再陌生，不再心疑，不再拘束，不存戒心。

那份情，倘若满世界找时，很难。但忽然发觉此情已多年莅临身旁。

生活就是这样的一个世界，一个有情人的世界。

守　心

心，是一块纯洁之地。守心，就是守护这块纯洁的“土壤”，不生邪念，不长杂意。

为此，心要静。静可守心。人在平静之时，心态平和，不好高骛远。人在冷静之下，思维清楚，做事理性。西汉政论家贾谊在《新书·修政语下》所述：“凡有守心者，必固之以和，而谕之以爱，然后能有存也。”

人平和时，易生爱怜。因情为爱而生，仁爱之心，必有德行固本。所以，守心先积德。人有了高尚的品德，一切恶源就会难以营生。

比如，今天的疫情在肆无忌惮，我们静心地听从专家的提示，遵循有关部门的劝告，少出门，甚至不出门。因为少出门一天可以减少人员流动带来病毒传播的概率，还能节约一个口罩，把节约的资源捐赠到最严重的疫区里，最需要的防控人员手中。这是一种心态，也是一种护心。人有了这样的守心，方能纯洁心灵之窗。

倘若大疫大灾面前，人人以一己之私，多购多藏，浪费疫区急需资源，那可不得人心。一个人是这样，一个部门是这样，一个机关、一个地区也是这样。疫情严重的地方对急需物资望眼欲穿，个别地方若囤积而富得“流油”，那这个社会的心态似乎生了虫芽，犹如病态作梗。

一个人有某种心病好医，一个社会若出现了病灶，那就一时难以医治。

有人说，人心本来是纯洁的、单纯的。可花花世界的东西多了，人的欲望大了，这心一下子没护好，产生了病根。有的贪心不足蛇吞象；有的迷失初心，心无责任；有的不顾自我，迷失方向。

世界之大，方有净土。大海波惊，可取一滴。

守心，就是守好自我的欲望，抑制人性的贪婪。这样，万物会在彼此交织的丛中互以鼻息，互为生存。如目前的抗疫逆行中，静室守心，守护一份责任，守出一片朗朗乾坤。

守心，守在家中。这样的春天，也能守出一片自然的宁静。

守住健康

当身体出现一些病灶，感到不适时，人们猛然发觉健康是用金山换不来的。于是，心寸慌乱地寻医问药，把脉求治。

其实，这是多种关口没有把住的结果。这里有心理的，也有日常养成的。比如，大鱼大肉，大吃大喝，胡吃海喝，烂醉如泥。有人说，病是吃出来的。也有人说，身体是革命的本钱。所以，一个是吃，一个是劳累所致。

为此，守住健康，就得守住自己的嘴。不论好吃的珍奇的，都要管住。管住了嘴，健康就守住了一半。那另一半呢，就是要保持一个良好的心态。

良好的心态是人身自愈的一剂良药。它能调整人的情绪，释放人的急躁，缓解心中的压力，袪除心头的怨言。心态的好坏不光在于人的秉性，更重要的是人的品德。人有了好的品德，心正气顺，遇事心如止水，做起事来也会心平气和，不至于急急躁躁，火烧火燎。这样，一个好的行为，就是守护生命健康的一道防线，有了这道防线，人生才有了生命的安全。这样，心才会心安理得，泰然自若。

因为心安，才会与世无争。因为心安，人在欲望面前有所节制，心理才会健康地成长起来。有了健康，人的生命才有保障，生活才会幸福快乐。

其实，守住心理的健康，让心快乐愉悦不是一件容易的事。鸟有五脏六腑，人有七情六欲。人的欲望越高，心理膨胀越大，承受的压力也越大。一旦到了狂妄自大时，噩运会不请自来，心理自然而然不会有好日子过。没有快乐，幸福也就另寻家门。

所以，守住健康，守住自己的心与德，生活才在希望的田野上纵情歌唱。守住健康，守住自己的品行，生活才像幸福的花儿一样，处处芬芳。

守住自己的一片天空

人有欲望，也有追求。欲望是人的一种本性，当它越过道德的底线，爬到人的心灵之上时，心中的天空就会呈现一种不祥之云，给自己埋下祸根，惹上祸水。

这个祸根，应属于人为的一种，往往在私欲营生时，给人闯下祸害。它不仅侵蚀人的意志，堕落人的思想，它还能丧失人的信仰，腐蚀人的灵魂。这种祸根的伤害，不仅毁灭的是一个人，更加危害的是一个家庭的幸福健康，一个社会的信誉信仰。

为此，在追求崇尚的人生价值时，更应守住自己的心灵。

心灵干净，心有希望，幸福就会降临于你，快乐就会笼罩于你。人有希望，生活就有了追求，在追求的经历中，幸福容易越坎而出，奔腾而来，用欢歌给心灵以洗礼，用笑语给人以精神。

心有阳光，心就有一片晴朗朗的天空。这个天空，既为心如止水的人架设，也为泰然自若的人静候。

记得一次庭辩时，一位资深的同行说："守住自己的底线，就是守住自己的一片天空。"

那个底线是法律与道义的底线，是正义与邪恶较量的底线。偏差一点儿，正义得不到伸张，邪恶得不到应有的惩罚。失差分毫，邪恶就会难以战胜，罪恶就会更加猖獗狂妄，妄自菲薄。

往后的日子，因我们的坚守，既看到了法律的尊严，也得到了心里的一片明净。在那种黑如墨的夜晚，我们共守一盏明灯，也共擎心里的宁静。

从此，心灵的荒漠，不再杂草丛生，枯木横亘。从此，心灵的天空，犹如剑胆琴心，音纯声正。

塑造情怀的心灵

把情怀输入到骨子里，身上自然有股正气的力量从心灵的方窗中释放出来，驱逐心中负面的情绪，让人阳光，让青春爽朗，让心快乐，给人一种力量。

这种力量在逆境中，给人一种希望，一种睿智，一种信心。也在未来的路上让人浪漫满屋的对心灵里那个渴望的追求，即使是泥泞的途中，也会心存感激，让人在虚无缥缈的幻想中总是牵挂着心间那真诚的想念。

所以，一个人在心中塑造自身的情怀，也是修养自己的个性和品德。有的人遇事冲动，不计后果；有的人疑心重重，不重团结；有的人不洁身自好，贪图便宜；有的人背后使坏，见风使舵……这些不良的心态及不好的个性，注定有不能容人之怀，也不会宽宏大量地替他人着想。这种胸怀自然是狭窄之人的鸡肠之心。

克服这种心情，需要打开心中真诚的智慧，抛弃心角里阴暗的想法和苟且的负面情绪。这样，心敞亮相互间处事也就坦然，心里自然不会存在一些鸡毛蒜皮的事情。

情怀是一种智慧，也是一种志气。心襟宽阔，人的气量自然会大，气场也足。做事大度，处事得体，虚怀若谷，卑微谦逊。

有情怀的人是有情之人，有情来自心灵里的圣洁，人若有情，石头也会在黑夜里流泪。有情也能让卑鄙之流顿生感叹，心存忸怩不安。

做一个情怀之人，其实，就是做一个被爱之人。常伸有情的手，世间皆尽福音。

塔里木河的情

在美丽迷人的塔里木河河畔，有一片片千年不老的胡杨林。那林，在深秋的季节如缸里染出的金黄立在沙漠里，映在河水中，那景美得惹人心醉，让人不禁想起大漠里的胡杨，那条生命相惜的河畔。

那是去年的冬天，朋友约我去新疆。我见电视里那边已是纷纷扬扬地下着大雪，便在电话里对朋友说："这么大的雪天，去那儿干什么？"朋友说："可以到塔克拉玛干沙漠的河边看夕阳的余晖落在河里的倩影啊。"他说傍晚日落的霞光照在沙漠上倒映在水里，那影金黄金黄的，美丽极了。

朋友说这话时，并通过微信发来了刚刚从沙漠里拍下的照片。我见如画一样的塔里木河，在晚霞的沐浴下，静静地躺在绵延起伏的塔克拉玛干沙漠的旁边，心中不禁绝叹，好美啊！像哈萨克族的少女，挥舞着多彩的飘带，徜徉在塔里木河河畔。

不几天，我身临其境地走在那条明净的河旁，领略着夕阳满天的倒影。突然，见一群黄羊从河的边沿蹿了过来，飞奔地从那边蹿进眼前干枯如柴的胡杨林里。

这是一片厚朴古老的胡杨林啊！

我见东一棵西一棵粗细不一的胡杨插立在沙漠里，如同千年的沧桑，守望着塔里木河河水。我兴致勃勃地跑到对面的沙峰上，遥望日落通红的光芒，见那光芒在眼前的河中映来了夕阳涂抹的景色，像是把光秃秃的胡杨林泼在水里，让金色的余晖挂在风干的枝丫上，粉成一种金秋的记忆。

于是，嘴中不停地念着：“来年的十月一定要过来看看。”

“看看塔里木河河畔那片沙漠中的胡杨。”

如朋友约定的日子，我却不知何事忙碌而耽误了日期，也不知何事的烦扰而延误了兴致。

朋友发来了如约的照片时，我才知那片胡杨在沙漠的河畔里，如夕阳般的金黄辉映在生命绚丽多彩的日子里。那黄也悄悄地烙在久等的心里，如同金色的家园燃烧的友谊，在塔里木河河畔倾注着那次难忘的冬日情谊，如日一样久远，飘落在故乡的家里……

投之以木桃，报之以琼瑶

记得在乡下很小时，常听有点文化的人坐在门口的石头上，谈论一些事情时总爱说：“投之以木桃，报之以琼瑶。”

那时，我一时不理解这句话的意思。回家问母亲，母亲说：“拿人家一个桃子，过几年还给人家一篓桃子。”

我望着母亲：“还那么多。”

“傻孩子，那是打比方。”

后来，直到上了初中，才知这句话的含义，也在生活中潜移默化地懂得对曾施予我的人前去报答。

其实，人生的路很长，在弯弯曲曲的生活中，有时遇上好人，也碰上在困苦时期或在迷茫的时候，有一个人给自己指点迷津或倾心而助。于是，心生感恩，常在经意不经意间念起他，说他心肠好，说他以人为善。

人的心肠好是一种品德。有的人用自己的品行教育他人，希望自己的言行能造化一个人，让人人都学会舍予与感恩，这不光是一个人的处世哲学，也是一个社会的崇尚风气。

为此，在社会面临一些灾难时，你不难发现一个人的慈悲为怀，雪中送炭。更为欣慰地看到一些人，甚至一群人在众志成城，大爱无疆。有些人心甘情愿，不求回报。有些人舍生忘死，不奢靡金钱。其实，这种回报方式不是针对某个人，而是报之社会，报之国家。说明白些，这是一种崇高的责任，也是心存正义之举。

古人在《国风·卫风·木瓜》中所倡导人要学会滴水之情，把木桃与美玉来比喻受之的点滴之恩，必以涌泉相报的道理，灌输着得与舍的关系，千百年来，为后人所诵。后来，在书中我背了那句“投我以木桃，报之以琼瑶。匪报也，永以为好也”!

至此，古往今来，多少人予人之情，予人之恩。又有多少人，受之无愧，反目成仇。有不敬父母的，有欺诈朋友的，有祸害社会的，有逼良为娼的。

中华文化博大精深，可一些人总爱钻进牛角尖里，即使诲人不倦，也难以拔掉其心里的祸根。

生活中，还是多点儿授之以桃，报之以琼瑶的好。这样，人有情义，其义断金。人有真诚，其情连心。中国还有一句俗话，一根筷子容易断，十双筷子断就难。

有情有义的人多了，再苦的日子，再难做的事情，都能众人拾柴火焰高，都会有人投之以木桃，施舍于天下。

外国的月亮没有中国圆

曾几何时，一些人总是那么固执己见，外国的月亮比中国好。于是，富了就往美国跑，成绩优异的人士，也说美国的月亮比中国圆，开始削尖脑袋往美国钻。

其实，文化不同，制度的差异，人的信仰也不一样。美国是一个榨取的资本社会。资本的东西，说白些就是尔虞我诈、人吃人的社会。因为美国的社会制度说穿了不是为民众服务的，而是攫取更多的资本财富来榨干民众的血汗。

有人问，中国人为什么都爱往那儿跑呢？细想起来，跑过去的多是在国内属于有钱的人，而他们的“富裕”多数在改革开放的前期不择手段从国内巧取豪夺。有钱了，心里自然纸醉金迷，向往西方达官贵人的生活，心里总是觉得国外的月亮总是亮的，总比中国的好。当然，贪官污吏在国外的子女就另当别论了，那种逃避法律惩处而转移家庭财产的手段也是司空见惯了。

近日，据网络媒体报道，一位高烧三十九度的黎女士在美国三次申请核酸检测被拒，一家三口回国求治。她为了自家人的性命，不仅侵犯了五十九名密切接触者享有的身心健康权，也给我国抗疫防疫带来不可估量的损失和伤害。

黎女士长期居住美国，美国政府应当为其进行检测并隔离救治。但他们的政府为什么不进行检测隔离救治呢？话说回来，美国本身是一个自私自利的家伙，其政府本身没有多余的金钱用于民众身上，他们的财产控制在少数几家财团人的手里。说明白些，他们的政府手里没有钱。即使有，也不会用于普通民众的生死上，这是美国的社会根本制度所导致的。检疫防疫一个国家需要相当大的费用，疫情期间，他们的民众想从他们的手里薅根羊毛，这不是要他们的命吗？

往后，美国的一些华人往国内跑的不计其数，不要指望这些人能给国内带来什么好处。因为他们崇尚的是“洋”，信仰变了，世界观变了，人的心理也发生了根本的变化。一样的黄色皮肤黑色头发，却怀着不一样的信仰，这就是他们心中总是认为外国月亮圆的原因。

这次疫情，虽然亿万人民付出了沉重的代价，但在短短两个月内给人民生活带来了一片安宁。为此，中国人民展示了强大的凝聚力量，坚强的抗疫精神，也让世界刮目相看，并与一些友好的国家守望相助，分享中国的经验。

于是，在大灾大难给民众带来的生命危机面前，他们终于明白，国外的月亮没有中国圆。因为中国的月亮在中国共产党的领导下，共产党的宗旨是全心全意为人民服务，中国政府属于人民的政府。

晚霞很美

站在山坡上，见太阳的余晖从树梢上射来，那光柔柔的，金色的，落在地上，宛如喷薄而出的光芒，让人沉浸在美好的霞光中，眷恋着绮丽的傍晚。

山坡上，那边的桃花开了，粉红的色彩在夕阳的辉映下，一朵朵花瓣在薄暮的风中摇曳着，像一对对多情的蝴蝶在花间张开的翅膀，把太阳耀眼的光泽化作五光十色，一会儿露出迷人的斑斓，一会儿又那么刺眼。

不远处，见树上冒出了一些绿芽儿，有几丛不知名的树枝挂着花苞，一枝枝含苞待放，那花苞红红的，像姑娘绣出的心事，挂在树上，热情而又奔放，含蓄而又忸怩。在一束阳光的照射下，显得格外娇艳清新。

我凝视山边的太阳，那光温情而来，射在脸上，落进眼眶里，像是与心促膝交谈，又似倾泻爱意，一圈一圈地吐露着暖暖的芬芳，从山的那边，穿越林中的树梢，射着五彩缤纷的景象，给人一身金色的衣裳。

我见小鸟从树的那边蹿到这边，又从这边蹿到那边，叽叽喳喳的，热热闹闹的，在为太阳最后的霞光奔跑着、相告着，一时间把寂静的山折腾得热闹了起来，也把夕阳的余晖涂抹得红红一片。

那红在天际，像是在山的后边，没有耀眼，没有光芒，但红彤彤的，像熊熊的火焰燃烧起来，瞬间染了半个天际，怒放在天空中。

记得去年春天，我在昆明湖旁见过晚霞的情景。那霞像是从西山泻了下来，铺在昆明湖里。湖里那片红彤彤的云，像火一样在水中烧了起来，一下子撩起了寂寞的夜色，让平静的水有了几分涟漪，几分醉意。

突然，一条小船从湖中划来，打破了湖中的宁静，也摇乱了眼前的美色，那霞刹那间从湖中消失到茫茫的夜色中，也倏地一下子隐匿在嘈杂的人群中。

于是，我失望地抬头远眺西边的山，见那霞还在，依旧挂在天边燃烧着，放射着，投在人群中，泼洒在地上，扑在人们辛酸的脸颊上，是那么红晕，那么灿烂，那么声甜如蜜。

前几天，我在海滨也观赏过晚霞。站在海边，走在金色的沙滩上，那霞照在身上，身影长长的，伸到蔚蓝的大海里，飘到潮水中，那一浪一浪的，放出闪闪的粼光，像无数个小星星跃入眼帘，眸子里都闪着激动。

顿时，心中情不自禁地叫着：那霞，真美啊！

我的悲痛化成雪

父亲最终还是没能熬过儿女渴望他延长生命的来年。在寒冷的冬天农历大雪时节的那天，他的气数已尽，历经沧桑地走完了人间九十三个年头，也饱尝了人世间难以细数的穷苦日子和辛酸的生活。

他走的时候，我正准备从武汉前往桂林。临走时我再三向父亲许下心中的儿女情长，说等到桂林办完事后立即返回新县看望他。

可是，那天在武汉高铁站的候车室里，快要上车的时候突然接到妹妹的电话。妹妹在电话那头大哭，说老爸走了。这扎心的声音一下子穿透了曾怀着渴望父亲生命的心灵，那声音速成了一场人生难挡的疾风骤雨，即刻两眼泪下，满把满把地从眼眶里溢出。我不知是怎么冲出那个人群拥挤的候车室。那时，心里只想快速地呼叫一辆前往老家新县的车辆，飞奔在父亲的床前，好跪在那里，悲凄心灵里的思念。

车出武汉时，天已雨溅车窗。我见雨刷在挡风玻璃前不停地左右刮擦着天上掉下来的雨水。可我的泪如眼前这场突如其来的雨一样，模糊地不断用双手来回地在脸上抹着。我摸着快要掉下来的那个挂在鼻腔前的那副预防生命不被侵害的口罩，见已被悲痛的泪水浸湿，便伸手弄了弄湿漉漉的口罩，想让它遮挡心中流出的伤痕。而那时，脸上的泪如同车窗外的雨，像天泄出的闸水，拼命地往外冒着。

我想念父亲，悲痛欲绝地想着刚刚离开不到两个小时的情景。他答应我，说好了从桂林出差回来再看他。可他没等我踏上那趟高速的列车，却撒手撇开了我们，一人独自去了叫天都不应的西方世界。

在车上，我一边抬起双手不停地在脸上擦着无法抑制的眼泪与心里的悲恸，一边想着临走时那依稀相互应答的父子深情。我望着他靠在床上，两眼一会儿看着我，一会儿把目光投向门外。

那天，因要出差办事，在父亲的床前我一连问了五遍他都没有应允我。也许是我问急了，他在撑起生命最后的尽头时，见我执意外出相视半天才点头答应。可这一走，等来的却是与父亲的人间别离，相望的却是与父亲的阴阳之隔。

一路上，我无法挥去内心的悲痛与伤恨。我依窗而倚，瞅着车外阴冷的雨，默默地在心里喊叫着父亲，想唤回他重度人间，笑看着儿女。在车内，我撕心裂肺地呼唤父亲，可泪与雨一样凄凉，在这个寒气逼人的大雪时节，却听不到父亲的一点儿回音。

我心里才开始断定，父亲是真的走了，走在遥远的尽头那个漆黑没有月亮的地方，走在凡俗的末了那个没有人间烟火的星辰之界。许是那里没有烦恼，那里没有忧愁与哀伤。可他舍弃了儿女，一人在法界的推搬下孤单单地去超度来生的希望。

于是，我跪在父亲的灵前，是那样的三天三夜。在那样泪涌难掩的日子里，我守着世间的孝道和对父亲的哀思，并一往情深地从内心喊着父亲。喊着他对儿女抚育的艰辛，喊着他曾对家庭幸福维持的艰难。为此，我想用天上的云作孝，拂去他生时在人间的痛苦；我想用地上的风作幔，报答他今生对我的抚育之恩。

于是，我跪在父亲的灵前，我哭着，我喊着，泪洗面容，悲痛万分。心想，人世间我再也不能在家乡的老屋里叫着父亲了，人世间我再也听不到父亲喊儿的声音了。

我见堂前的烛光似父亲慈目的眼睛，如育儿的教诲。我即刻倾身上前燃起心灵的香炷，送去儿女难尽的忠孝。于是，我想着父亲，想着他生时唠唠叨叨的脾气，也想着他在糊涂时常对我说的那句“我没去过北京”的话语。我原想买个轮椅推着他，带他到海边看看；我曾想扶着他牵着手，到南边开放的城市去瞧瞧……可是他没等到我空闲的时间却独往千年神话里的陌路，可是他没等到我娴静的岁月却断绝人间烟火朝圣祖宗的灵位。

我噙着眼泪守在这个儿时父爱母笑满屋嘻嘻哈哈的堂前，我念着父亲，也想着母亲。突然，我见父亲的灵堂从门外飞来了五只紫燕，那紫燕在父亲的灵柩上上下翻飞，有的侧身蹿着像荡着秋千，有的静静地停在灵柩上扇动着美丽的翅膀。我见它们时而落在父亲的灵柩上，时而冲上堂前，不停地欢闹着。我起身惊奇地凑到近处看着它，好美丽的紫燕啊。一两分钟后，它们又落在父亲的灵柩上，久久地望着我。最后，展开了美丽的翅膀飞出了门外，朝天飞去……

我惊奇这么寒冷的冬天，有紫燕飞来。我想那是宽慰儿女的父亲，不想让我们过度地悲伤；我想那是自然界中的神灵在为后人的虔诚而告诫：人心向善，人心向善才有应得的福分。

许是天遂人愿，父亲出殡时没风没雨，也没下雪。可是刚回到家里，我见天风动云起，不多时大风狂来，便下起了雪。

那雪飞在檐前，落在地上，我在院子里哆嗦地哈着热气寻思这样的天气；那雪片片洁白掉在我的身上，当我伸手接住它时，它却在掌心里眨着圣洁的眼睛，那眼睛像是父亲的声音，让我们一心向善，做一个好人。

武汉，愿你安好

武汉，一个九州通衢的地方，如今一下子变成人们心中一座揪心的城市。

是什么让人如此之快，迅速占据了外省人的心灵？

是生活在这块黄色土地上的人的生命权。因为新型冠状病毒性肺炎的传染性容易剥夺人的生命，它的传染性、攻击性让人猝不及防。你若逃避这个疫情的城市，去到另一个地方寻找自己的生命之权，必将侵犯他人的生命，也侵犯他人的休息权利、自由行动权利。也就是说你若带毒外逃，即是要剥夺他人的生命。当然，疫区之外的人们因自身的家园，甚至生命的权利不被外来病毒攻击，理应群心防之。这是法律赋予的责任，也是尽社会应尽的义务。

其实，逃是最消极的防护措施，也是最不人道的自我保护方法。

逃，就不被感染吗？逃，就不染上病毒吗？

人的进化，社会的进步，科技的发展，医疗机构的科学规范，加上党的领导。毛泽东说，人定胜天。

人为什么能战胜天灾人祸，战胜自然界给我们带来的无比巨大的灾难？是人心，是每个人坚强的意识、革命乐观主义的精神，是一颗社会的责任心和崇高的集体主义感。

人心齐，泰山移。我们党有一套比较完善的领导体制，我们的国家有多个备用的救治预案，我们的医学有一个强大的医疗体系，我们还有广大铁肩担道义的人民……你还用怕吗？你还用回避这场没有硝烟的战争吗？

大年初一，面对新型冠状病毒感染的肺炎疫情加快蔓延的严重形势，中共中央政治局常务委员会专门召开了会议，听取新型冠状病毒感染的肺炎疫情防控工作汇报，对疫情防控特别是患者治疗工作进行再研究、再部署、再动员。“全党全军全国各族人民都同你们站在一起，都是你们的坚强后盾。”

这是什么声音？这是党中央的声音，这是全国各族人民的心声。危难时刻，习近平总书记温暖人心的话语，坚定了广大人民打赢疫情防控阻击战的信心和决心。

大年初三，我们敬爱的总理李克强同志身临疫区一线，在街头与人民齐喊：“武汉，加油！武汉，加油！”

离开武汉的五百万人，还担惊受怕吗？还那么消极地面对这场曾经没有设防的战争吗？

无论你走到哪里，都应积极地响应政府的防御，配合政府的行动，把疫情消灭在仅存的身上，把瘟疫控制在不能再小的范围。

有时想，这么大一个国家，没有你的容身之地。有的拖家带口，有的千里迢迢奔来，有的望着万家灯火却难以进去……那种眼神，那种辛酸，那种凄楚，那把热泪，是同情而不能相请于心啊。

人性的冷漠是自己先涉足而错。回过头来再看，会发觉自己的漠视给社会带来的沉重代价，是多么地让人匪夷所思。

人，要多往好处想，多做有益于人的事。这样，社会才有一分安宁，也多一分幸福。

为此，在这个守家的春节里，愿武汉安好，愿人民乐康。

夕阳满屋

下班的傍晚，当我打开门锁推门进屋的那一刻，我抬眼见满地金色的阳光微微地从窗户边那一根根的护栏上折射进来，满屋金辉相映，光暖照人，那一秒回家的感觉如同夕阳的美好，让人无与伦比地欣慰。

好久没有这么早地回到家里，也很少在傍晚的时分遇上金色的阳光塞满屋里。我见阳光从西边的楼宇间照射到窗户上，映在一根根不锈钢做的护栏上，像不刺眼的灯泡，张开希望的眼睛，把光芒留给人间烟火。我愣神地足足端详了一分多钟，见光暖人心，屋辉金黄，心底里的爱恋顿时油然而生，原来家的温馨是得早早下班回家才能享受到的啊！

记得参加工作后，很少按点回来闻一闻灶台的菜香，也很少坐在家里像今天这样若无其事地看一眼家中的夕阳余晖。那时，总是忙于事务为事业的前途而冷落了家中的桌椅，也不管家中催促的电话而乐于朋友间的应酬。生活在想入非非之中有时难拨心中的云雾，有时也在清醒的叹气中说出难掩的不该。生活啊，为借口，也为面子；为追求，也为虚荣的心理。什么时候能放下这种虚荣而清静地坐在家里看一看灶台升起的烟火？什么时候能放下心中的面子而悠闲自得地坐在沙发上听着厨房溢出的流水声？

那种福如今晚的夕阳，点燃了心中的宁静，也泛起了一缕如日的阳光。我触摸它，像碰到心中的棱角；我手捧它，像护爱圣洁的佛光。

走在窗前，我望着不愿离去的夕阳，在拉开灯绳的瞬间，灯光从屋里溢出了一片幸福的光亮……

县长去了山村里

老家新县在大别山深处，那里是鄂豫皖革命苏区首府。在炮火连天的革命岁月里，那里的人是红旗插到哪里，革命的意识像树根一样就扎在哪里。正因为这种精神，疫情暴发时，山村里的人紧跟党的旗帜走，迎来了风和日丽的春天。

昨天，县长在微信里对我说，他从娘湾到郭大洼、红柳等地的山村走了走。那里山高路陡，沟坎坡多，棘刺遍地。

记事起，郭大洼我只去过一次，红柳只听父辈们聊起家常时谈论过那个地方，但因那里荒山野岭我从没去过。那是上小学三年级时，父亲让我同他一起到湖北宣化店去卖板栗。翻山越岭后，走过一条长长的山沟时，父亲说，到郭大洼了，还有一半的路程。我望着周围的山，走在那条茅草覆盖的小路上，见前方有几间土坯做的瓦屋和茅草屋。心想，这里面怎么还住有人家呢？我们沿着羊肠小道往山边走去，抬头探望，那山看不见边儿。

县长说："疫情过后，该恢复生产生活了，到偏僻的几个山村去看看。"他说山上的群众蜗居久了，怕耽误了春天的播种，影响老百姓的生活。

县长能去那样的山村里，出乎我的意料。据说那里的山村很穷，老百姓基本上靠天吃饭。若是儿时，县里有人能到村里来，家家户户都认为是一种荣耀。

现在，县长下乡是件习以为常的事了。去年探亲回家，村里的人说，县长来过两次了。说那路和村子里的书屋是县长帮助建的。党连着群众，心连着心。贫困的人家有了县长的脚步，偏远的山村就有着党的声音。哪怕穷如流水，却挡不住脱贫的堤坝。哪怕山高路险，都传播着扶贫的种子。记得前几天，王姆观的樱花上了中央台《新闻联播》，那样的山变成了“世外桃源”。过去那个不毛之地，如今却成了花儿招展的“春天”，一片片欣欣向荣的景象。在电视里我见漫山遍野红艳艳的樱花，山村的人一个个露着乐呵的笑脸，不难想象，山沟里飞出这样的“金凤凰”是经历了多么艰难的历程。县长说发展乡村旅游，振兴农村经济，为老区人民过上幸福的生活要学会蹚出一条新思路。为此，他的身影常在田间地头、山野村中，显得那样地忙碌，又是那么地亲民，与村民席地而坐、谈笑风生。

想必这时，新县应是山清水秀、芳菲满天的情景，还有那群采茶的姑娘，在一片片绿油油的山坡上，扯着这枝揪那枝，那嫩绿的芽儿，仿佛冒出一股清新的茶香在心间萦绕。不几天，映山红开了，一朵朵、一簇簇，红艳艳的，那是潘冬子母亲的歌声，也是红军的歌声，更是党的心声，盼着春天到来，盼着幸福到来。

或许，县长正站在那道道山里，盼着如歌的春天，望着如织的游人。那样，全域乡村旅游，在兴起中蓬勃发展，在火红中高高飘扬……

相识在黄昏后

在时光的隧道里，人生像春天的花朵，有快有慢，有缓有迟，有时这枝刚冒出花蕾，那枝花瓣已散尽人间芬芳。有时那枝花蕊正张开迷人的芳香，这枝花朵却纷纷随风而落。

世事如物，在岁月的沧桑中，有的昙花一现，有的香飘十里。不管在世间逗留多久，最终都是一场过客而已。

为此，在寻寻觅觅或回眸一笑之中，相识不一定在晨曦的阳光里，往往在人尽黄昏时，才知世事凡尘未了，或早或迟，有道是来的永远在路上，有的在生命相惜的晚霞中，有的在余晖散尽的拐弯处，有的在擦肩而过回眸时的瞬间，有的在历尽人间艰辛后的茶碗里……不论哪种相遇，那都是相视而来的厚福。哪怕是分秒间的事，那也是夜半风雨的声音。虽有凄楚，但终究遇到。虽未同舟，但有一时同渡。

在人生的道路上，有些事总是在望眼欲穿中姗姗来迟，有些事又在邂逅中分道扬镳。有时错过的不是情感，而是机会。有时得到的不是偶然，而是心灵的默许。有时带点儿灵犀真情般地趴在窗前，却冷不丁遭一场风雨的淋落；有时踏破铁鞋无觅处，回头发现却在身旁傻笑张望。正如辛弃疾所赋：“蛾儿雪柳黄金缕，笑语盈盈暗香去。众里寻他千百度，蓦然回首，那人却在，灯火阑珊处。”

人世间的缘，若情在，终会不期而遇。世事蹉跎，人海茫茫，每一个含情脉脉，都注定有情有分，都能有一场心潮起伏的遇见。有时看是走进那个山道，人生迈错了一条沟，生活就会坎坎坷坷，难觅知己。若错登一条船渡，那情形如流水，也会一去不返。

但在众多的红肥绿瘦间，有时在黄昏的渡口，却有一叶小舟漂泊在岸头，是那样地宁静，是那么地不经意，从水面缓缓而来，含情脉脉的，注视着夕阳余晖下的身影，搀扶着心间的约定，一起走进夕阳沉落的暮霭里……

相 由 心 生

很多时候对“相由心生”不是十分理解，也没有认真地探个究竟，往往从字面上肤浅地认为“相”是从心里孕育而来的，至于为什么，是不是有灵魂存在，一直没有从文化的根源里寻宗问祖。心里想得最多的是，它应属于意识层面的东西，或是佛教用语。

因此，佛界在净化人的灵魂时，常在普度众生的说教中，多用此语点化后人。佛曰：“有心无相，相由心生；有相无心，相由心灭。”有人说，相是一副皮囊，给人一个外在的形象；也有人说，心是一种境界，能操控所有欲发的情绪。所以，要想自己成为什么样子，一切都源于自己的心境。也就是说，恶人有恶相，心善之人自然面带吉祥。

记得二〇一八年二月一日，外交部发言人华春莹在例行记者会上用“相由心生”一词，回应了美澳情报部门所涉的“中国间谍威胁论”。她对美国中情局局长蓬佩奥此前曾称中国正在设法偷窃美国的情报，满嘴毫无根据的话，引用了一个成语。华春莹说：“我注意到有关报道，不禁想起中国有句话，叫‘相由心生’，意思是，你心里怎么想，你眼里的世界就是什么样。从这个意义上讲，世界上最大的情报头目说出那样的话，并不奇怪。”华的语言明显地告诉世人，你蓬佩奥是个什么东西，你无耻不端的行为、阴险欺诈的伎俩都写你的脸上了。进一步地说，他的脸是什么样子，他的政府就是什么样子。

故此，人藏其心，不可测度。你的心若是坏，自然脸上结不出什么好“果子”来。

古书《尊婆须蜜菩萨所集论》卷四中讲：“以一更乐非相由心生。”《苏平仲文集》卷十一《悟真寺碑》中说：“心外无相，相由心生。”《扫迷帚》卷一中称：“人藏其心，不可测度，相自相，心自心，相由心生，真术士欺人之语。”古人告诉今人，人有善恶，相有美丑。心善相会和睦，人好相处。心恶相会欺生，为人狡诈。

但古人对“相”的说法也不尽相同。一种说法称“相”是物相，“相由心生”即指一个人看到的事物，或者对事物的理解、解释、观感，由他的内心决定。《涅槃经》中记载，这种说法可能归源于“唯识宗”。禅宗六祖惠能于黄梅得法后，至广州法性寺，见时有风吹幡动，一僧曰风动，一僧曰幡动，议论不已，惠能进曰：不是风动，不是幡动，仁者心动。所谓“命由己造，相由心生”，世间万物皆是化相，心不动，万物皆不动，心不变，万物皆不变。有此说法，众人所处的状态都是众生的“心”造成的。

另一个说法“相”是面相，指的是人整个相貌，即人的外表。例如《青箱杂记》中引谚语“有心无相，相逐心生；有相无心，相随心灭”。

无论哪种说法，相恶则心恶。面之狡诈心自然会丑陋。为此，观一人一事一物，眸子里能闪出真诚虚伪，仪态中能露出涵养气度，身材能显出生活方式，穿着能看出个性品位。

相由心生。言谈举止显露着人生格局，眼角眉纹暗藏着岁月沧桑。有人观其外表深其心灵，有人随口两句便得其心底，这就是相由心生的缘故，“相”与“心”的精髓。为此，人的大气与智慧、才华与品德，都会自然而然地镌刻在脸上，也滋长在心里。

看懂你的人，会记于心里。读懂你的人，自然情溢于表。

想念朋友

多年了，也没给朋友去封书信。不知在远处的他生活过得如意否，在这样暖洋的日光里，虽寒冷得出奇，他一定是闲不下来，在春风吹面的田头上，探望着生活的年景。

记得好几年了，他说离开了城市，去了老家的山村，想承担着祖上的东西。

在山村，祖上能留传下什么。除了贫瘠的土地，就是那间黑旧的老房子。我不知道，这么好的日子，他为什么要离开年轻时闯下的生活。

一次，他在电话里说，城市再好终究不是他的。他看到昂贵的生活，艰难的压力，衣兜里的窘态，人心的浮躁。他说，还是早点儿离开为好，不然媳妇都没了。

他离开时，没有告诉我。也没见他来个电话说说情况。他不说，不等于不辞而别。是有难处，心多少有点儿闷痛。不然，他不会离开曾经生活过的城市，那毕竟是年幼时的渴望，也是山村人生活的渴望。

后来，一个朋友告诉我，说他回老家了。听说是他一个人回去的，孩子和老婆都在城里。又听一个朋友说他离婚了，孩子跟了媳妇。

想着他，忽然明白了什么。村里人在城市生活，是要付出代价的，往往艰辛得不知是日是夜。有时付出往往换来的是他人的白眼儿，这种白眼像城市里的水，套路很深，让你摸不到源头。

于是，便有了欺诈，或是游戏。艺场上叫作潜规则，能潜得人吐出血来。

这种生活，山里人是玩不转的。

朋友回去，想必是给自己留点儿厚道，给心里留分善良。

多年了，没有他的音信，也失去了联系的方式。在那个山村，他是否在忙碌地生活，还是在这样阴冷的天气中围着火炉端壶茶水呢？

他爱动的性格，是闲不住的。或许，他的田地里冒出绿油油的青菜来。或许，门前那口水塘鲢跃鲤跳，正闹着欢呢……

突然，坐在家里，想起朋友，也想念多年不见的他了。

心爱的发髻

虽已立春，室外的温度一点儿暖意也没有，让人走在街上仍觉凉丝丝的。

芸在方舱医院里，一边支起输液用的架子，一边想着刚才护士长那句坚定的话语。她无意识地摸了一下头发，在心里长叹一声，并喃喃地念着："可惜了刚扎起的发髻。这是命令，剃就剃了吧。"

芸打小就希望长出一头长发。平时，她爱学着电视里那个雅致的姑娘，喜欢把头发盘起来，在后脑勺上打个发结儿。不大点儿时，她就喜欢盘弄着自己的头发。

一次，她把头发盘在后脑勺时，没有玉钗银簪，就从柴堆里抽出一根细长的树枝，折断一截儿插在盘好的发髻上，心里美美地戴着。她的父亲发现后，不问青红皂白地伸手要去打她，斥责她把头发放下来。她不明白什么缘故，打那以后，她没再盘起头发，但喜欢盘着发髻的情结一直埋藏心里。

芸的头发长得乌黑发亮的，飘在肩上，一丝丝地散发着少女的清香。有时，她无意间揪住一绺头发，用手卷着卷儿，又怕被父亲发现，少不了责骂，就没敢学着她人的样子，烫个发卷个卷儿的。

当兵后，第一次到连队，她见班长组织新兵剪头发，心不情愿地望着班长小声地问："能少剪点儿吗？"班长一句吼来："少什么少，都剪到耳根儿齐。"于是，她摸着自己心爱的头发，掉下了眼泪。

后来，芸分配到医院当护士，因医院没有部队那么严格，她偷偷地把头发留了起来。一时间，头发长得长了些，她就打个髻儿，盘了起来，这样既漂亮又不影响军人风纪。有时自己对着镜子照了又照，心里美滋滋的。因为，那是她打小的愿望啊。

记得一次住院，她给我扎针时，我见她头上的发髻别致，独具匠心，便问了一句："你还会打发髻？挺漂亮的。"

她睁大眼睛不解我的问话，便说："女孩子都会吧。不过，我打小就会。"她继续说着。她说，他的父亲比较传统，小时盘发髻时还挨了父亲一顿揍。说着，她咯咯地笑了起来。可见，芸对发髻的心思有多深，或是追求美的女孩，都有过类似的经历，如初恋的感觉，绵延在人生的路上。唐朝诗人温庭筠说："玉钗斜篸云鬟重，裙上金缕凤。"

这次武汉疫情，部队组派医疗队时，她被列入其中。

在病房内，她见一个个巾帼英雄，这群同行的战友，个个光着脑袋，捂着脸，一时羞于见人。是什么比疫情中的救护更为重要，是人命关天，是那个心中的职责。

于是，她坐在板凳上，任凭班长的推子在头上吱吱地响着。那发髻一绺一绺地从眼前飘落下来，也掉进一个花季姑娘的怀里，给她青春烂漫的岁月，留下了一段酸楚的记忆……

心存坦然

生活是一个万花筒，当一个人涉足繁杂的世事被搅乱得心境不安时，求又不能，舍弃可惜，不如学会放下，坦然视之，淡然笑之，欣然慰之。

学会坦然，即使心气儿小，遇事也自然能泰然处之。心若豁然开朗，再难缠的事情，心里也能接受应对。不然，心小了，所有的小事就大了；心大了，所有的大事化小了。若一个人的心里出现这种情形，大事难事，就得看其心理状态，险恶之间要看其担当精神；逆境顺境时，是喜是怒，是成是败，涵养的人，自然处事镇定、稳重；智慧的人，自然会成竹在胸。若有成败得失，就得看其坚持的意识和持有的心态。生活中，凡事顺其自然，得意之时淡然，失意之时坦然。若不能正确面对，虽然艰辛付出，遇上曲折是必然的现象。有人历尽沧桑才悟出一点儿道理，有人在坎坎坷坷的路上碰得头破血流时才有一点儿感悟。

人世间，有些事情是不随着人的意志而转移的，有些事情也无法去改变。虽然有些事情无法预测，难以弥补，但还是顺其自然、欣然接受为好。所以，调整好自己的心态，做自己应该做的事情，是一种不可多得的选择。因为一个人的自信心来自人内心的活动世界，内心就会心安理得，做事也会从容不迫。因此，再大的失败和挫折，只要一笑而过，乐观自信，失败就成了经验，挫折就成了生活中的经历。什么忧愁、烦恼都会在心中释然冰解，淡定自若，从容应对。宋代一位诗人说得好：“枕琴书高卧，坦然无辱。万古兴亡春梦觉，一溪云水平生足。”

生活中，心有坦然，自然心中有度，有度做事才会明朗。不然像漆黑的夜里，看不清星火般的明亮。也有人说心不坦然，欲火容易攻心，心出邪念。贪如火，不遏则燎原；欲如水，不遏则滔天。

坦然是人生中的一种境界。心存高远，才不会被欲望的潮水冲开理智的堤坝，流下悔恨的泪水。

坦然也是一种心态，恬静生活，是人生中的一种情趣。用一种平和的心态，看待生命中的利禄功名，那才是人生中的一种淡泊，一种豁然，一种高雅。为此，人生在世，不贪求大海，也不藐视江河。学会放下曾经施舍于他人的恩惠，记住别人伸出帮扶的手，心有感恩，懂得赠予，岁月才在坦然中一片静好。

心灵的约束

公园离家门口不远，有一里多的路程。春天到来时，那里的桃花千姿百态，缀满枝头，一树树花瓣似蝴翼，粉如胭脂。几次想出门去看看，但因心有约束，未能前往。

前两天单位电话通知，疫情期间不准私自外出到公园里溜达。也就是说，这段时间公共休闲场所不能随便去了。这是规定，心里一定要有杆秤。因为公园人多，去那里的人形形色色，什么样的人都有，说不定冒出个网上曝光的那种，不按有关规定隔离私自跑了出来，不仅损害了自己，也破坏了社会共同抗疫的大局，造成不可挽回的损失。

防疫的事不是儿戏，在普通人的心里应属于一件大事，因为它与人的生命息息相关，也与日常生活密切相连，防得不好容易影响身心健康或造成经济损失。但作为一名党员，那就得上升到政治层面来考量。防疫工作目前是党和国家的头等大事，也是一名党员恪尽职守的誓言，它关系到人民的幸福健康，也关系到老百姓的生死安危，更是影响中华民族的生存与发展。这个时候，放纵自己的心情、迈出自己的“腿”，不听招呼，不守规矩，到处乱转，到头来害人害己，也会给心灵带来创伤。

头上有一把高悬的剑，那是党纪法规的约束。有了这把剑，人心便有些收敛，知道什么该做什么不该做。有句话说得好，听党的话跟党走。这是生活中的一种姿态，也是一种成熟的心态。人有了这种态度，就很容易明白“国家兴亡，匹夫有责”的道理。

所以，心灵的约束，就是自我的约束。自我有约束，心灵才会更自由。这样，日常生活中，我们就很容易抵制诱惑、遵守规定，也能在烦焦的情绪中，学会尊重他人、体谅他人、宽容他人。

据网间报道，一位海外华人在大“疫”面前，不按规定在小区不戴口罩地“自由”跑步，并引起了众怒。其实，这是她的心灵没有受到约束，她认为一个海外华人回到中国内地只想荣耀，但淡忘了心灵的约束。还有一些国内出境人员，认为自己不说别人不知情，偷跑境外隐瞒甚至谎报，造成一定后果。这些都是来自心灵间的问题，因心灵扭曲，自然不会在疫情面前讲真话。人不讲真话，也就了无真情。没有真情的人，心间缺失约束，心灵只想自由，不考虑公共得失集体的利益。

心无约束，这种人往往爱各自为政，也是不可交往之人。他常视原则为儿戏，视规矩为浮云，做事轻率，处事武断，生活中既容易玩忽职守、为所欲为，工作中也爱行事鲁莽，冒冒失失，不负责任。

为此，守好心灵的约束，就是守住一身正气。人有正气，世事浩然，荡气回肠。

心往阡陌之路

踏春的日子接踵而至，如约的花期即将临近，找个闲暇的日子，踩在乡间的小路，揪一片儿青草，摘一朵小花，相惜在手里，凝视着远处如纱飘起的一缕雾气。

或是打开心扉，朝着阳光灿烂的地方，沿着河边那条露珠挂满草丛的路上，让露湿裤腿，让心情滋润，让情感敞怀。闻着草青，嗅着花香，深深地呼吸泥土的气息。

人生得意时，可敞开笑容，往返红衣绿水之间，笑谈春风十里。人生迷茫时，常涉炊烟之中，揣着“逍遥阡陌上，远近无相识”的心情，细品人间烟波浩渺，方能指点迷津，迷途知返。

有人赞，阡砂未熟心徒切，陌上花开春尽也。明朝携酒犹堪赏，飞轩危槛百花堂。有人颂，见葭管浮灰，梅英缀玉，漏泄阳和，阶蓂呈瑞五叶，祥开崧岳耸嵯峨，笑拥两行珠翠，欢腾一曲笙歌，道寿等冈陵，富连阡陌，福禄多多。有人叹，山镇红桃阡陌，烟迷绿水人家……峰回路转乱云遮，归去空传图画。

阡陌红尘，扯份闲愁，揽份娴静，沏壶淡茶，静雅时手持诗书，泼一笔丹墨，抒一下情愁，在笔砚中豪情吐气，在素笺间妩媚骨里。

兴奋时，长夜未央，赏一缕月光，敛一点儿眉愁，抹一点儿惆怅，辗转繁华落尽，思昔日佳人，叹经年何是，眸里掩藏芬芳。

望如月，驻情缺，淡淡情怀天际，陌陌红尘别离。

心往阡上，翻过坎坎坷坷，花香如菊，鸟音如歌，揽一只有情人的手，芬芳在人间陌陌。

心望惊蛰

惊蛰在中华民族二十四个传统的节气中，它是一年中的第三个节气。也就是说雨水过后，该是惊蛰了。

今年的向往，没有更多的奢望，但心中唯一祈祷的是雨水快点儿过去，期盼着惊蛰早点儿到来。那样，就可以不缩在家里，能去田野里闻着花香。那样，心里也不再那么烦闷，可以摘掉那个久戴的口罩在户外呼吸点儿新鲜空气。因为民间有个传说，到了惊蛰一切瘟疫都会渐渐地衰弱，甚至消失。所以，在年初防疫的这段日子里，心里一直渴望着天气暖和起来，也在心中悄悄地等待惊蛰节气的到来。

常言道，时至惊蛰，阳气上升、气温回暖、春雷乍动、雨水增多，万物生机盎然。民谚中也有一些说法："春雷响，万物长。""惊蛰节到闻雷声，震醒蛰伏越冬虫。"等等，也就是说，万物复苏，春暖大地，一切瘟灾消除。虽然有的是民间传说，但有文字可查的是西汉戴德所著的《大戴礼记·夏小正》里，他在书中所述：正月启蛰，言发蛰也。万物出乎震，震为雷，故曰惊蛰。是蛰虫惊而出走矣。元代理学家吴澄所著的《月令七十二候集解》也有同样解释，他说："二月节……万物出乎震，震为雷，故曰惊蛰，是蛰虫惊而出走矣。"

中华大地，博大精深，文化源远流长。有些虽是民谚，但确实是祖先遗传下来的文化。唐代诗人韦应物有句名诗，他在诗中对惊蛰诠释得惟妙惟肖：“微雨众卉新，一雷惊蛰始。田家几日闲，耕种从此起。”惊蛰一到，预示着春耕的开始。

于是，我渴盼那个能化解疫情的节气，也希望人们在“人定胜天”的路上无比坚强，也应那句俗语，没有过不去的火焰山。

为此，心望惊蛰，也望那个晴朗朗的天空里，飘着一片祥云，能消去人间的疾苦。也望那和煦的风里，吹来幸福的雨露，润在勤劳人的心上，让树披绿，让花艳红，让辛勤的人儿在希冀的路上把歌唱。

新县，为你点赞

河南新县，这个红色血液孕育而生的县城，在这次谈虎色变的疫情面前，给人民的幸福健康交上了一张赞不绝口的答卷。

这个有着“武汉后花园”之称的县城，常居人口十六七万。疫情暴发时，春节期间从武汉返回乡村的人员共有五千七百六十多人。这些人员以不同的乘坐方式通过不同的路径，回到了久别的乡村。

但对于疫情防控来说，一个返乡人员，就得一份儿防疫的精力。一个返乡人员，就会出现一种传播的途径。面对这些分散的人员，县委把心交给了人民，政府把心掏给了老百姓。他们深入乡村，走村串户，对人员进行盘查核准；他们认真对户，摸查到人，不漏一丝疫情。

起初，一例、两例，那个疑似病例，把春节前的年味抹上了一层惊慌，也给全县人民带来了生活的压力。于是，全县人民群策群力，一起防疫防控抗住压力。那时，疫情来的时候，人们心理一点儿准备也没有，更谈不上备有充裕的防疫物资。卫计委主任吴君峰心急火燎，夜不能寐，到处求助。他在电话里说，医务人员连基本的防护服都没有，怎么保障救治。不几天，疑似病例一例两例、七八例，最多到了十几例。

那么小的县城，疫情说散就散。但疫情确诊时，人民在政府的日夜坚守中没有一丝恐慌，也没有流出一句传言，引起谣言四起。

新县县委书记吕旅说，隔山、隔水，不隔爱；封村、封路，不封心。夏明夫县长在微信里发出了深情的呼唤，他说："您曾经熟悉的山水红城，正用红心展红旗投入到火红的抗疫情阻击战中，不获全胜决不收兵！待到春暖花开请您再来！"

是啊，待到山花烂漫时，那时疫情基本结束了，人民在县委、县政府的指导下正全力自救，自给自足。在此，也望游人如织。

新县的疑似病例一天两天、好几天没再攀高，确诊的八例也始终没再越过。据说，今天又出院了两例确诊的病例。

是什么力量让全县人民坚守了这次防疫的信心？是党把人民的生命看得高于一切。正是人民生命受到疫情的严重威胁，全县党员干部才夜宿各个村口，为村民号脉，为疫情放哨，才有今天这么好的局面。千斤乡李胜书记说，没有口罩大家有的用纸巾叠一起捂着嘴，有的用围巾裹脸，坚决落实中央指示精神，打赢这场防疫控疫歼灭战。至此，全乡没有出现一例疑似病例。

为此，全县党员干部仍没有一丝松懈，在各自的岗位上默默地坚守着这次疫情防控大考，相信他们一定能考出人民幸福安康的成绩，多一份满意的答卷。在此，为你加油，为你点赞。

新县闪烁在新年贺词里

一

河南省新县那片曾为中国革命滴淌着红色血液的土地上，在二〇二〇年习近平主席的新年贺词中，闪烁着他在新县匆忙的足迹，美好的记忆。

那是新中国成立七十周年的前夕，中共中央总书记、国家主席、中央军委主席习近平同志带着繁重的工作，视察了大别山革命老区新县这片红色的热土。这里是红四方面军革命的摇篮，这里是鄂豫皖苏区的革命首府，这里是革命先烈忠诚于党的初心之地，这里是前赴后继的大别山儿女沿着大别山精神树立的光辉典范。

主席的脚步，你听懂了吗？他来到这里，是沿着中国革命的征程不忘初心，砥砺前行；他来到这里，是带着全党、全国各族人民的嘱托，看望有着红色基因的革命后代是如何团结奋进，打好革命老区、贫困山区扶贫攻坚战的；他来到这里，是想看看老区人民，那朴实的民风，那幸福的笑脸。

主席的脚步，你读懂了吗？他是从江西于都红军长征集结出发地走来的，他带着共产党人的初心，带着革命的信念和意志。他担当着党赋予的使命，他的心里装着千千万万的人民群众。他夜以继日，呕心沥血；他步入农家，揭开锅盖；他深入田头，了解百姓的疾苦。

主席的脚步，你跟上了吗？他从于都走来，迈进了新县鄂豫皖苏区首府革命博物馆。他是让你多读历史，继承革命先烈的遗志；他是让你砥砺初心，牢记核心；他为你率先垂范，身体力行；他为你点拨迷津，心系百姓。他在革命的路上为你摇旗呐喊，他在扶贫的路上为你把脉前行。他在为你鼓劲打气，撸起袖子；他在为你壮士断腕，抓铁有痕。

主席的脚步，你思考了吗？这条路是条不平凡的路，是中国人走的自己的路。这条路是奔小康的路，是复兴的中国梦之路。从“八项规定”到“扫黑除恶”，从“老虎”“苍蝇”一起打到纯净党内的空气、政治上的杂音，从讲规矩到守纪律，这是全党智慧的结晶，这是老百姓的心声，这是中国的力量，中国的智慧，中国的声音。

在新县，习近平主席留下了平易近人的作风；在新县，习近平主席看到了老区人民走在新时代的变化。

还记得习近平主席向鄂豫皖革命烈士纪念碑敬献花篮吗？还记得习近平主席在田铺大湾跨步那个沟渠的台阶上吗？那份红色革命的情感，那份热爱百姓的情谊。

在新县，在这片红色的沃土，分分秒秒我们要做的，正如习近平主席在二〇二〇年新年贺词中讲的：“我沿着中国革命的征程砥砺初心。从江西于都红军长征集结出发地到河南新县鄂豫皖苏区首府革命博物馆，从甘肃高台西路军纪念碑到北京香山革命纪念地，每个地方都让我思绪万千，初心和使命是我们走好新时代长征路的不竭动力。”

在新县，在这片红色的土地上，革命的征程砥砺前行地印记在习近平主席的心里，大别山的精神闪烁在他的新年贺词里，也烙印在新县人民的心里。

二

新县，这个只有三十七万人口的小县，在习近平主席的新年贺词中响亮了千家万户。

是什么让新县走进了习近平主席的新年贺词里？

河南省新县曾是鄂豫皖苏区的首府，也是红色革命的摇篮。新中国成立前，当时不足十万人的新县，就有五点五万人献出了宝贵的生命，仅在册烈士就有一点一万余人。新县人大主任陈秀洪说：“大别山红旗飘飘，二十八年红旗不倒。”

那是党的“一大”胜利召开后，大别山革命苏区在白色恐怖下，坚持走红军的路，跟党走。二十八年苏区人民历经苦难，不惧屠刀，不恐酷刑，不忘生死，不惜热血，二十八年来披着血染的风采，保持了红旗的本色。二十八年来，苏区人民虽处在水深火热之中，不忘初心，紧跟核心，创造了光辉的革命历史，新中国成立后，许世友等九十三位新县革命将士被授予开国将领及省部级干部。那时，白色恐怖的苏区人民心中，流传了一句千古绝唱：“家中一粒米，送去做军粮。家剩一个儿，送他上战场。”

新县是红色的，红色血染的热土养育的儿女对党的恩情，心永远是热的。

是什么让新县走进了习近平主席的新年贺词里？

苏区人民热爱党，党没有忘记苏区人民。党与老百姓更亲近，老百姓心中更有党。

新县，这个革命苏区的县城。一九四七年，刘邓大军攻克后，刘伯承司令员将原国民党政府命名的“经扶县”改为“新县”。从此，新县的名字在这片红色的沃土里诞生了，新县人民真正获得了自由。

新中国成立后，新县人民在这块革命的土地上，无论经历什么困难，都紧跟党的步伐坚定地走下去。

虽然“贫困”二字压在老区人民的头上，也烙进老区人民的心里，但老区人民没有气馁，他们披星戴月，艰苦奋斗，修水库，造平原，肩挑背扛，凿山平地，使老区人民在社会主义建设中铺开了一条平坦的大道，并沐浴在改革开放的春风里。四十年来，他们不忘初心，勤劳致富，发挥党员的榜样力量，青年的中坚力量，群众的模范力量，经过全县人民的共同努力。近年来，该县各个领域获得国家及部委级称誉二十五个。二〇一八年十二月，荣获第二批国家生态文明建设示范市县称号。二〇一九年十一月，被确定第三批“绿水青山就是金山银山”实践创新基地，并率先在河南第一批摘下了贫困县的帽子。

这种红色的传承，激励了老区人民的斗志；这种大别山的精神，推动了当地经济的发展。正如习近平总书记视察新县时讲的：“没有老区的全面小康，特别是没有老区贫困人口脱贫致富，那是不完整的。”

新县在老区率先脱贫了，这是党的力量，是人民的力量。

是什么让新县走进了习近平主席的新年贺词里？

记得去年探家回来，组长在办公室问我老家怎么样了。我望着他兴奋地说：“青山绿水，环境特别好，没有污染，趴在河沟里就能捧水喝。”

组长说：“还有这么好的环境？哪天不忙去你老家看看。”

新县的山水很美，有一首歌是这么唱的：

新县美，山和水，水清倒映山高景美。
奇峰迎客松啊，水纯敬亲人。
村村门前银杏美，小河村边回。
那山，那水，那美，山山水水惹人醉。

新县美，土地肥，茶园碧绿金稻吐穗。
茶香飘万里啊，稻田阳光美。
沟沟坎坎蝴蝶飞，鱼儿戏浅水。
那茶，那田，那美，茶园稻田惹人醉。

新县美，梦里回，将军忠孝百姓口碑。
英魂归故乡啊，教化后来人。
家家户户战鼓擂，基因永相随。
那乡，那事，那美，将军故事惹人醉。

新县美，人甜美，姑娘的眼睛个个美。
嘴甜歌声飞啊，眼睛水灵灵。
湾里田头夸声回，爹娘笑声脆。
那声，那神，那美，姑娘情深惹人醉，惹人醉。

三

新县，这个生养我的地方，最近名响中国，情融大地。在习近平主席的新年贺词里是那么朴实，又是那么地鲜艳。

我爱新县，因为那里有滋养我的山水；我爱新县，因为那里有伴我童年的时光。

新县这个新中国给予曙光般的名字，滴淌过血泪，煎熬过贫困。还记得那红薯叶吗？没油没盐地难以吞咽。还记得那件破棉袄吗？大年三十穿在身上露着皮肉，笑嘻嘻地放着鞭炮。

新县人吃过人间炼狱般的苦难，新县人的孝敬是从厚实的山峦中流传下来的。性情忠厚，心地善良。彭丽媛两次夜临新县，都留下了深刻的印象。

新县的美，其实是人的美。虽有刚烈的脾气，但对人忠心耿耿，情义厚重，知恩图报。新县的美，也是山水的美。那里的山，倾注着新县人民的勤劳；那里的水，滴淌着新县干群的心血。那个山里贫困的农户，有县委书记吕旅的脚步，和颜悦色地问寒问暖，也有夏明夫县长情同手足般的情意，无微不至地倾注体察。

正是这种辛勤的工作，暖心予人的关怀，新县人民的日子，一天天地好了起来，新县人民的生活，一步一步地迈进了小康。

时间总是有个惊人的举动，历史总在不经意间灿烂辉煌。那个刚刚翻过的九月十六号，是老区人民的骄傲，也是新县人的福音。中共中央总书记、国家主席、中央军委主席习近平同志视察了这片土地，走进了农家，察看了民情。电视里，在那个路边的沟渠上，我见习近平主席上前跨了一步，走进沟渠的台阶上，亲切地与乡里人问候。这是多么亲民的举动啊，县委书记吕旅也倾着身子，聆听总书记的指示。这条沟渠是党通向群众心间的沟渠，也是习近平主席走进千万个老百姓心中的爱民典范。在习近平主席心里，群众的困难就是他的誓言，扶贫攻坚，打好歼灭战。

于是，在一个临冬的日子里，我跑了过去，站在那个沟渠旁，思绪翻滚，感触万千，想着总书记的身影，那是一个伟大的身影，一个亲民的时代。

在新县，那个身影情进千家万户，心系百姓生活，沐浴山山水水。

新县，那个生养我的地方，人们正苦尽甘来地徜徉在幸福的鲜花里，在绿水青山般的金山银山里，在县委、县政府领导班子辛勤工作的汗水里，在新县人民乐哈哈的笑容里，在游人快乐的心怀里……

学会调养自己的情绪

人的情绪，有时像天气一样，一会儿阴雨绵绵，一会儿阳光灿烂。那个心结儿，总是情不自禁地流露出一些不良的表情，有时难以把控，像河中的水哗哗地流着。

这个不良的表情，有时像三岁的孩子，说哭就哭，说笑就笑。说到底，还是心理不太成熟。

人的心理不成熟，遇事就爱发脾气。爱发脾气的人，话从不过脑子，想说什么就说什么，想怎么说就怎么说。这样的人，工作轻率，做事急躁，办不了大事。这种人，心里自私，没什么能力，心理素质也差，其性格内向，遇事胆怯，社交恐惧，不爱与人交往，心里总隐藏着一种自卑的个性、焦虑的情绪。这种人做起事来毛毛躁躁，丢三落四，话多嘴臭，一脸懵逼相。

人一旦有了这种个性，这种脾气，生活中好事在他的手里也容易被搞砸了。有时那个脾气十头牛也拉不回来，有时好言相劝，他却当耳旁风。但生活中真遇上事了，他又是那么无助。自己一点儿本事没有，别人的话又听不进去，其人可恶又可恨，说不好听的话，抽他一巴掌还嫌手痛。

控制自己的情绪，调养自己的脾气。其实，一个人要坐下来，静静地反思自己。最好从记事时想起，哪些是对是错，若错，错在了哪里。静心地想一想，这样不仅对自己有好处，在人际交往、处世之中也受益匪浅，不至于在生活中随着性子，想怎么着就怎么着，口无遮拦，误伤情感。所以，有时人前说话不能由着性子，不过脑子，由着自己的脾气并带着情绪说话，那种激动不是来自心里的感激，而是嘴中的无能。

无能的人，日常生活中最重要的一点，就是要加强学习，提高自身的涵养。这种学习不光是啃一本书，读几篇心灵鸡汤的文章。关键一点儿要从社会中去学，看看一些有能力人的做法，学学一些社会成功人士那种谦虚的态度及做人的言谈举止。经一事长一智，但经一事不如亲身做一件事。在做成一件事中去幡然悔悟，才能认清自己，才有生活的乐趣。人有了这种乐趣，才知控制情绪、不乱发脾气的重要性。

所以，当一个人的脾气配不上自己的能力时，就要学会低调。不然，德行配不上自己的地位就容易酿出祸来。要把个人的精力放在日常言行的积累上，不断地去提高自己，修正自己，才能减少因为言语不当，对生活产生的一些麻烦和危害；才能减少因行为不雅给自己或他人带来的伤害和心痛。

控制自己的情绪，扔掉心中的那个臭脾气，心里慢慢会亮堂起来，说出的话也不会那么高声大嗓，既不会伤害自己又不会殃及无辜。

其实，良好的心态是人的一种品德。这个心态能让人有一个好的品位。好的品位自然拥有好的情绪。这样，人也会容易满足生活中的某种情调。有情调的人，在生活中爱注重修身养性，也落落大方，从善积德，乐于助人。

把情绪控制好，心情再低落，也容易走出心中的阴影，在静处拥有一片宁静。因为静以修身，静以致远，静能去躁。

雪，还在下

今天立春第三天了。早起，见窗外的雪似乎比昨天下得大了些，地上白白的，厚厚的，似冬天的雪了。

那雪呈片状，漫天飞舞着，在灰蒙蒙的天空中婀娜多姿，成群结队地往下蹿着，你追我赶的，像集市上的行人，各寻各的目标。

那雪在地上，洁白如絮。有躺在花池里，有趴在树枝上，有挂在枯草中，有躲在藤条间，有覆在栅栏下。雪无形，而万物有形。万物有神儿，雪似乎也有了灵性。

你看，那枝叶头上的雪，晶莹剔透，像枚雪白的钻石镶嵌在姑娘的手指上。你看，那边松树的杈丫里白绒绒的，有似白毛女的头发，飘落到松树上。有似少时上山采摘的松毛糖，含在嘴里滋味新鲜。

上午，那雪一直在飘着。我见几枚大个儿点的，飘在窗前，急忙把手伸出窗外，够着它的时候，不等缩手回来，那雪已丢失了原有的洁白，刹那间成了水珠，滑落到手心里了。于是，一丝凉意袭来，我哆嗦了两下，立即关好了窗户。

俗话说，小寒不冷大寒冷，大寒不冷倒春寒。春已至，却迎来了一场春寒料峭的雪花。那雪是春雪，春来时下的，应属于瑞雪兆丰年的雪了。

这样的雪天，坐在家里，捧一本诗句，翻泡上一壶陈年老茶，优哉游哉。

不多时，电话响了。朋友问下雪没。

我说："下了。"

他问："大不？"

我隔着电话说："有冬天的味道。"

电话那头他纳闷地问："冬天的味道，是什么味道？"

"冷啊。"

听后，他哈哈大笑起来。他是想问我这样的春节这样的天气闷在家里是什么样的心情或有什么样的感慨。

忽然，我想起了宋代诗人梅尧臣的诗句："春昼自阴阴，云容薄更深。蝶寒方敛翅，花冷不开心。"他对春寒的感叹，让人在心中感到他忧郁的心情。

读罢，望着窗外，雪还在下着，那雪压的树枝，想必心中也是不开心的了。

雪，又下了

雪，又下了。天气变化得真快，这雪下得不到三天，今天窗外又飘起了雪花。

那雪飘得很是散漫，懒洋洋的，没有一点儿冬天下雪的激情，也没那纷纷扬扬的洒落，让人跑到雪窝里，手捧着雪伸到跟前，深深呼吸的喜悦。

今儿的天气，是变了。冷得让人缩在家里不愿出来。再见窗外的雪，那雪像细小的蜜蜂蹿进枯草里，瞬间不知去向，偶尔那边零星地飘来，还稀稀拉拉的，没有形状，等回头再瞅上去时，那边也没了踪影。

有人说，立春后的雪是藏不住的。但立春后的天气，有时冷得让人哆哆嗦嗦的。

春天开始时，在北方是寒冷的。下些小雪，预示着寒冷并没有结束。下着小雪，昭示着人们不要急于漫步在春天里，急于解衣放进家中的衣柜里。

春天来了，雪还在下。是冬春交接的景象，也是季节变换的天气。

有时，春风来得早，树枝绿得快。有时，春风到得迟，花儿开得慢。

雪，又下了。天还处在冰冷的变数时期，变数的天气是个常态，若常态的天气有变数，那得小心为妙了。不然，弱不禁风的身体容易伤感。不然，病毒性感冒容易伤害其人。

雪下了，天气变得冷了起来，这时，待在家里裹紧衣服，是难得的悠闲，也是健康的守护。

守护生命，就是守护幸福的本钱，尤其是下雪的时候……

燕子的声音

站在门前，望着乍暖还寒的春天，见院子里几只麻雀叽叽喳喳地叫着。忽然，我想起了家乡的燕子。这时，应在门前呢喃细语，双双燕舞，盘旋在房前屋后，喜迎新的窝窝。

燕子的声音，在家乡像劳动的号子，村里人听到它的叫声，知道春天来了，山要青了，树要绿了，一年播种的时机来了。

于是，村里人背着锄头，拿起铁锹开始在地里翻动着土壤，拔拔草根，准备播种春天的希望。

所以，村里人喜欢燕子的叫声。它若在哪个家庭筑巢搭窝，大家都会说，燕子来你家搭窝，是你家的福气。

据老人讲，燕子去善良人的家里。在哪家搭窝哪家当年喜事多，收成好。

燕子在老家衔泥而落，人们给它安稳的窝窝，它却给人喜庆的声音。这是自然和谐的声音，也是燕子歌唱幸福的声音。

记得小时候，一只燕子飞到门前的屋檐上，啾啾地叫个不停。父亲望着燕子高兴地说：“燕子来了，好啊。”

不几天，燕子在屋檐前搭了一个窝，有几只燕子嘴里衔着泥，飞来飞去，不停地叫着。父亲有时端着碗望着，那个高兴劲儿，心里像是吃了蜜似的，冲我们叫着：“燕子来我家搭窝了。”

于是，发觉父亲爱听春天燕子的叫声。每年燕子归去时，父亲总是把屋檐扫得干干净净，他把原先的燕窝揭了下来，等春天燕子来了重新搭窝。父亲是怕老鼠钻进去，吃了燕子。

家燕是不住旧窝的。每年春天燕子来了，也总是在屋檐没搭过窝的地方衔泥搭巢，重新衔泥筑建自己的小窝窝。杜甫说：“熟知茅斋绝低小，江上燕子故来频。”

所以，每年燕子飞来时，在屋檐下上下翻飞着，叽叽喳喳的，那叫声婉转动听，父亲爱听，我们也爱听，像幸福的歌儿，沁入心脾，给人平添了生活的希望。

而今，站在门前，想着家乡的燕子，仿佛那叫声从老家的檐下传来，叽叽喳喳的，像一曲幸福的童谣。

遥望家乡的油菜花

三月，在这个晴朗朗的天气里，我坐在家里惦记着家乡那层层梯田里的油菜花。这个日子，它开了。满田金黄色的花朵，在山坡上露出迷人的微笑。

去年这个时候，我记得在那片香馨扑鼻的油菜花里，站在绿油油的叶子下面，伸手轻轻地拽着一棵油菜花放在胸前，倾斜着身子低头闻着田里的油菜花冒出的清香味儿，那香气顿时沁入心脾、妙不可言，令人心旌神摇。我见一片片黄灿灿的油菜花，在微风的吹拂下一浪一浪地前扑后仰着，是那么开心地微笑，又是那样恬静淡雅。心想，今年的油菜收成不错。

正当我在山坡奔跑地瞅了这厢去那厢，隔壁大哥大老远地望见我站在那里喊着："这些年农村空气好，国家的政策也好，回来住一段日子，欣赏油菜花。"他叫着叫着，便往这边山坡上走来。

他放下手中的锄头，从衣兜里掏出一包香烟来，紧走两步伸手递给我。在山坡上，他站在跟前一个劲儿地说着现在农村的生活比我小时候好过一些，他还说人老了也有人管了，每年政府到年终还给一些钱花。那天，他还向我打个比方说些现代人的生活，就像田间黄黄的油菜花一样，日子过得很喜庆。他说这些话时，脸上一直乐呵呵的。

记得很小时，村子里穷，一到春天青黄不接时，家家户户有的跑到很远的山上挖野菜回来当粮食吃，有的去田间的油菜花里揪些油菜叶子回来煮粥喝。那时，田间的油菜花金灿灿的，一沟沟的、一坡坡的，可那时的人连肚子都填不饱，哪有心情欣赏风和日丽的田园风光啊。

近些年，政策变了，家乡的日子也好过了，油菜花长得格外芬芳，格外馥郁金黄。每棵油菜结出的一簇簇花朵，那一串串鹅黄的花瓣与满田嫩绿的叶子相间，给人一种金色的希望。于是，村里人富裕了，观念也改变了，懂得在梯田上种一片片的油菜花供城里人观赏。每到油菜花盛开时，那一沟沟、一坡坡梯田上的游人，穿着红衣绿衫、披着粉纱蓝巾闲情逸致地在油菜花里，有在田间奔跑的、有俯身闻着花香的、有揪扯一枝拿在手上的、有摘下一朵插在头上的……人们的心思一时间在朵朵花香的油菜花里，释放着春色满园关不住的心思，一个个敞开着喜悦幸福的容颜，在和煦的春天里、在飘香的油菜花间，怀着惬意的心情，奔跑在春天的田野里。

今年的春天，在油菜花快要开时，因防疫抗疫同舟共济，守望相助，我却“藏”在家里。但那个家乡的油菜花情结始终根植心底，遥望家乡那一层层梯田的油菜花香，渴望自己是一只蝴蝶，飞在蓝蓝的天上，随一朵朵白云而飘，落在家乡的山坡上，闻着梯田上的油菜花香。

于是，我心存向往地走在窗边，静静地站在阳台的花盆前，细心地拨弄花盆里那几粒发芽的油菜种子，念着家乡的油菜花来，也盼着它尽早地长出叶子，结着金黄色的花朵，散发着浓郁的家乡油菜花的芳香。

要有敏锐的嗅觉防患于未然

在现代优越的生活里，常有人以告诫的口吻对后人说，别学温水里的青蛙。青蛙不知道舒服的环境里会带来危险，因为它在温水里丧失了死亡的嗅觉，乃至生命遭到威胁时，仍没有觉察到生命会遭遇不测。

一些西方国家从来没有放弃亡我不死之心。无论经济打压、孤立和制裁，还是多边围堵威胁、恫吓和挑事，一直在破坏“一带一路”倡议，阻碍我国经济的发展，损害人类命运共同体的唱响。说白了，那是一个无底线的国家，对中国的遏制不择手段，也从来没有停止过，甚至为所欲为、横行无忌、任性跋扈、触碰底线。

这次疫情暴发，更是包藏祸心、心怀叵测、图谋不轨，做些偷鸡摸狗的勾当。其媒体不明青红皂白，歪曲事实，企图嫁祸甩锅中国，抹黑中国。虽然这些都是他们的一贯伎俩，但我们要有政治的敏感度和判断力，将问题前置，把触角前移，居安思危，保持高度警惕。

据网间揭露，去年八月国外某生物武器研究基地无故关闭。那时，我们的嗅觉就应打开，闻出他们肮脏的政治和军事上丑恶的手段，分析预测、研究对策，拿出行之有效的预想方案。尤其在我国举办军运会期间，那几个“酱油兵”一反常态，没引起觉警，一些部门也缺少政治眼光，也未深入末端调查研究，跟踪切入了解。这种潜在的敌对意识没有在心中形成，很难捕捉到隐藏在我们身边的威胁和敌人，也很难发现那股时时不忘我死的邪恶力量和组织。

安不忘忧，才能有备无患。对于那样一个时常到我们家门口挑事的国家，我们应时时保持心中应有的敏锐和触觉，放眼我们的视觉，带着民族复兴的责任感，全方位地注视那些不好友的举动，研判当下即将发生的苗头，及时割掉他们掩藏的尾巴。

目前大疫当前，在防疫抗疫以及处理一些事务尤其国际事务中，我们要有高度的政治灵敏度和敌对识别能力。打开思维的触须，嗅出一切反动思想和势力，这样才能把鬼蜮伎俩的把戏或政治虚伪的叫嚣辨认出来，做到未雨绸缪、积谷防饥，并从政治的角度上嗅到危情凶险，以便有个未焚徙薪之策。

夜读张九龄

张九龄是韶州曲江人，他重在五言绝句，著有《曲江集》。

在夜深人静时，凝思古诗绝句的灰灰尘埃中，却闻到了他那时的墨香，那墨从历史的长河中向桌前缓缓飘来，朗朗映在眼前，是那样的疑虑惆怅，又是那样的豪情万丈。读着他的诗，仿佛一壶老酒难启心中的忧愁，又宛如孤独的夜中难掩黑夜里的思念。正如他的诗句：“情人怨遥夜，竟夕起相思。”

品读他时，他的诗书才气，同他的仕途一样旷世宏达，宁静致远。仕途上，他被誉为唐代的政治家，针对社会弊端，他提出以“王道”替代“霸道”的从政之道，强调保民育人，反对穷兵黩武。主张省刑罚，薄征徭，扶持农桑，其官做到了国相的头衔，为“开元之治”献出了自己绝伦的智慧。后因宫中斗争，受李林甫等人的排挤，贬为荆州刺史一职，这也是诗人家国情怀的缩影，更何况他又刚正不阿。文学上，他是唐代文学家、诗人。幼年，他才思敏捷，诗赋过人。当地知府称他为神童。他的五言古诗，常以朴实的语言，寄托深远的人生向往，一改唐初所沿袭的六朝绮靡诗风，其诗情广为流传，被誉为“岭南第一人”。如“海上生明月，天涯共此时”“相知无远近，万里尚为邻”的诗中佳句，分别出自他的《望月怀远》和《送韦城李少府》等名篇名作中，千百年来受到无数人的赞颂和喜爱。

《望月怀远》是张九龄离乡时，在异乡见明月当空，身边一片寂静，便想起了远方的亲人，即兴而作，也写下了千古绝唱。《送韦城李少府》一诗，揭示的是距离与情感的一种辩证关系，朋友若是相知，就无距离的远近，即使相隔万里也像邻里一样难能可贵。这是他在洪州任职时，送别挚友李少府所作。该诗气度恢宏，意境开阔，特别是"相知无远近，万里尚为邻"与王勃的"海内存知己，天涯若比邻"成为千古名句，为后人传诵。杜甫曾称赞他"诗罢地有余，篇终语清省"。明人胡震亨《唐音癸签》说："张曲江五言以兴寄为主，而结体简贵，选言清冷，如玉磬含风，晶盘承露，故当于尘外置赏。"正是张九龄生性秉直、不趋炎附势的崇尚品德，他才有如此高贵的诗赋。

为此，习近平在出访亚、非、拉等国时，四次引用了其诗作中的佳句。二〇一六年一月二十一日他访问伊朗时，在《伊朗报》发表题为《共创中伊关系美好明天》的署名文章中，引用了"相知无远近，万里尚为邻"。二〇一六年十一月二十一日他在秘鲁国会发表重要演讲时，又一次引用了"相知无远近，万里尚为邻"诗句。二〇一八年七月二十一日他访问卢旺达时，在该国《新时代报》发表题为《中卢友谊情比山高》的署名文章中再次引用了此句。二〇一八年十一月十四日他对巴布亚新几内亚独立国访问前夕，在该国媒体上发表署名文章时并引用了"相知无远近，万里尚为邻"。二〇〇五年六月二十六日，温家宝出席第六届亚欧财长会议开幕式时，他在讲话中也引用了"相知无远近，万里尚为邻"这句古诗。

在此，读着张九龄的诗句犹如万家灯火，共点一盏明灯；犹如同甘共苦，患难相息一条心。他的诗能使人心感温暖，情感升华，思想沉淀，性情绽放。

他的诗如同一叶小舟，驶向幸福美满的生活之中，让人向希望与光芒微笑，向美好的明天挥手。

他说："机不可失，时不再来。"

夜观灯火

每当夜色悄无声息地降临时，我见高低不等的楼宇间陆续地亮了起来，仿佛生活的艰辛从那温馨的灯光中扑面而至，心再苦，回家才知生活的滋味；心再累，有家才知街头冷落的辛酸。

夜来了，人们常带着一天的勤劳，在夜深人静的时候走进自己的小窝窝。有的还带着领导的责备回到家里，依旧还得烧火做饭；有的还带着工作的委屈回到家中，依然笑迎公婆。或许，生活没有一天是高高兴兴的；或许，生活没有一次是顺顺利利的。但家中的温馨在打开灯火的那一刻，什么苦处如同灶台的油盐酱醋，化作一盘香甜可口的饭菜，填进了嘴里；什么酸累如同身上汗渍渍的衣衫倒在洗衣机中，晾出清新的味道。

听，那个走廊里传来了妻子的埋怨声：“你什么都不管，孩子饿了在哭，回来了也不知道喂。”这边一个男的大声吼着：“你累我也累。”

累，是一个家庭幸福的开始，也是一个家庭相互承担责任的源泉。

其实，身处灯火阑珊的夜晚，在一家三口之室，能有人在家里责怪或是那么几句乒乒乓乓的吵架声，也是一种释然，也是一种厚福留下的一个真诚的期盼。那是爱，在明亮的灯火里给心里的通明事理；那是情，在漆黑的夜晚给家庭拥有一份关爱的温暖。

生活需要情趣，也需要拌嘴，有时牢骚满腹的夜里也能给黎明的早晨带来快乐。

记得在一个异地的城里，见一个推着小车的商贩在往来的人群中叫喊着，酸累的心如同身上弥漫汗腥的臭味，在这样繁华的城市找不到适合自己的冲洗之地，也难有一处安身立命之家。他说，每到夜里抬头望着一排排灯火通明的楼房，心里的苦楚如眼中噙着的泪水没处着落。每当夜深人静，他窝在地道口里。他说，那个街头的路灯，也能给他带来心里的安慰。

人在城市，在这个万家灯火的夜里。苦在哪里，累又来自何处，只有人经过酸累时心最知情，最明了不过的了。

是夜，万籁俱寂。是夜，如诉衷肠。是夜，烦恼了无，夜鼾正响。是夜，灯火明鉴，苦尽甘来……

一个作家的灵魂在哪里

近日，一位有些名气的作家在网上以日记的形式晒帖，看了几篇后，像是流水账一般，谈不上有什么文学品位。忽然觉得一位作家晒这样的“帖子”似乎缺少点儿什么，冥冥中有点哗众取宠的感觉，或是心中的一种牢骚。

一时间，心里不知所以然来。读着读着，便在心里思前想后，总觉得文中是带着某种情绪而写，而不是怀着深厚主旋律的情感而来的。文章里似乎缺少一种民族的精神和情怀、一个作家的担当和责任，即使是对社会现实的批判、不满或看不惯，也应写出对主人翁批判的一种思想来。我想，这么一位大作家在网上发这样的“帖子”，要么是这些年自由撰稿惯了，养成了想怎么写就怎么写的小家碧玉情调；要么是思想上根本忘掉或淡化文艺的主旋律的意识。不然，文中既没有灵魂，也没什么可读的价值，无非是泄泄心中的怨气而已。

一位作家，心中若缺失灵魂的东西，他的作品自然没什么欣赏性。即使一时吸引一些人的眼球，而多是社会中一种浮躁的现象导致的结果。毛泽东说：“坚持个人主义的小资产阶级立场的作家，是不可能真正地为革命的工农兵群众服务的。”

作家缺少立场，犹如人没有灵魂一样。没有灵魂的东西，自然没有什么生命力。这么多年来，我们的一些作家为什么写不出好的作品，有感染力的作品？究其原因，是理论根基的匮乏，心中缺乏对主旋律的认识，缺乏对中国特色社会主义文艺创作的思想，对肩扛大局的意识认识不足，对传承弘扬民族文化精神的懈怠。毛泽东说："一个自命为马克思主义的革命作家，尤其是党员作家，必须有马克思列宁主义的知识。"

我们中的一些作家不是没有文化，也不是没有思想，而总是骄傲地瞅着自己出版或发表的作品，没看到自己渐渐丢失党的理论基本根基。一个作品缺失这些，容易让读者迷失方向；一位作家若理论源泉的东西枯竭，灵魂一定会空虚起来，甚至会厌恶社会上发生的好人与好事。

文艺是有立场的，作品当然应满足广大人民群众欣赏的需要，并服务于这个国家和社会。一位作家了解社会，根植基层人民的心灵，关键一点心里要明白拿起笔去推崇什么，传播什么，颂扬什么，而不是发泄自己心中的情绪。倘若不顾这些，虽然才思敏捷、文笔流畅，但写不出什么好的作品来，最终也会被社会抛弃。

当前，疫情中可歌可泣的人与事可圈可点、如数家珍，也是深入创作的最佳时机。毛泽东说："中国的革命的文学家艺术家，有出息的文学家艺术家，必须到群众中去……然后才有可能进入创作过程。"只有深入人民群众真实的生活里，才能创作出新时代最可爱的文学作品。

为此，作家的灵魂在哪里，就在毛泽东教导我们的思想里，就在新时代的钢铁长城里，就在那些不顾个人生命安危的英雄事迹里。

一位90后医生的信仰

天很冷，立春后的天气丝毫没有和暖的迹象，依然冷得站在室外不能多待一会儿。冬梅在医院的走廊里与主任打招呼时，嘴边还冒着雾气。她说完话后，便直接回家了。

冬梅从医科大学毕业已有三四年了，自分到呼吸内科后，她的业务水平让同行刮目相看。单位有人送她外号，称她为“呼吸小门诊”。这次，武汉疫情暴发后，院里第一个想到了她。有人说她还是个孩子，怕她吃不消或闹情绪。当冬梅接到去武汉驰援的消息后，爽快地答应了下来，向院领导保证说：“坚决以医学者的姿态，完成任务。”院长得知后，心里感慨地念着，不能小瞧90后了。

冬梅回到家里，在房间她一边准备着衣物，一边大声地对母亲说着。她抬头见母亲在床上咳嗽声不断，伸手从桌子上给母亲端了一杯热水，便走了过去递到她的跟前。

冬梅的母亲患这种病已三四个月了，一直没有好转。她见女儿马上快到谈婚论嫁的年龄还没一个对象，心里着急上火一直躺在床上。有时，她见女儿从医院下班回来，便冲着她唠叨两句：“其实妈没病，妈得的是心病，什么时候你有了对象，妈的病自然就好了。”

温顺的冬梅见母亲想自己的心事，常以敷衍的口吻对着母亲说：

“好，我找我找。”母亲听了，自然没再言语。

躺在床上的母亲见冬梅端着水杯走了过来，微微地起身转了过来，望着女儿，想说什么又把话咽了下去。

“妈，今天我就随单位的医疗队走了，去武汉驰援，那里疫情重，不知什么时候回来，你自己在家注意身体。”母亲听完女儿的话后，禁不住地用手抹着眼睛。

冬梅见母亲流下了眼泪，自己的眼睛也涩涩的，她怕眼泪在母亲的眼前流下来，便仰着头一个劲儿地抑制着。她谎称打开窗子透透风，便走到窗前，伸手打开窗子时，一股寒气一个劲儿地往脖子里钻，她哆嗦了一下，伸手又把窗子关上。

“妈，等太阳出来时，你起来把窗子打开一会儿。”她说完走出母亲的房间，伸手提着拉杆箱迈出了家门。

冬梅的眼泪一下子难以止住，泪水挂在脸上，在寒风中一串串地滴着，像母亲唠唠叨叨的话语，飘在耳后。

于是，她擦了一下眼角，抹了几下脸颊，仰起了头，急忙忙地朝医疗队走去，皮鞋从地上传出一阵阵嘎嘎的响声。

她想，那里疫情很重，她一定不辱使命，不负韶华……

银杏叶黄

每当深秋已尽寒露悄然而至时，我常漫步在公园里仰望着身前那棵满枝金黄的银杏树，那叶似家乡的杏叶，金灿灿的，像幸福的村民露出乐呵的笑脸，给人一种秋后的收获和来年的希望。

于是，站在树边踩在黄灿灿的杏叶里，思绪如絮般地涌来，时不时地飞到了家乡的田野、家乡的村头，家乡那片两人合围般粗的银杏林里。那片金秋的记忆总在眼前浮现，一阵凉风过后，银杏叶叶黄如菊，纷纷飘落坠地。瞬间，地上似一层金色的地毯，把深秋的山村打扮成一幅富丽金黄的画卷。

那画卷离我的老家新县县城三十多里，坐落在千斤杨高山秀丽的景色里。每到秋天，银杏树叶发黄时，周边城里的人利用周末闲暇的时间兴致勃勃地过来观赏黄如金色的银杏叶。他们当中有从武汉开车过来的，也有从郑州赶来的，还有好多安徽的游人……

那是大别山的腹地，也是鄂豫皖革命纪念地首府历史血脉延续的辉煌。有的人来寻求那段历史是怎样给后人带来了幸福，有的人怀抱着金色的梦想想在此拾一片心灵晴空世外桃源般的光芒，有的人怀揣着愉悦的心情徜徉在今秋的阳光里，大老远从异地的乡土跑过来领略一下秋天那片迷人的银杏风光。

千斤乡杨高山王洼古银杏树群，已有千年的历史了。据说，全村古银杏树达二千四百余棵，百年以上的有三百多棵，千年以上的有六十多棵了。秋季将尽，叶黄如金。远远而来的银杏树气息早已穿越过游人渴望的心里，他们从喧闹的城市中走来，从空闲的时光里走来，从慕名的诗画中走来。为了那个享有“中原银杏第一村”的秋中美景尽收眼底，为了到那个“九镇十八湾，湾湾有特色”的地方一饱眼福。

银杏，俗名白果树。这个中华“民族之魂”的活化石，郭沫若称它为东方的圣者。但在众多的古诗词中，我还是欣赏宋代诗人李清照描写银杏叶黄的句子：“风韵雍容未甚都，尊前甘桔可为奴。”她把银杏叶黄的华丽堪称世上少有的贵族落落大方之气。

在新县，一到秋天你若问去哪里，大家会不约而同地说：“去杨高山看银杏叶吧。”它的盛名虽没有田铺大湾响亮，但它华贵的银杏叶黄，足可以让你一睹似古时贵族楼阁小姐腰里挂着香袋般铺地而设的杏叶，走在这样金色的大道上会给心灵带来一种无与伦比的福气。

去过的朋友讲，真没想到你的老家千斤银杏古树那么多，看了心里震撼。有的银杏树一两个人抱不过来，有的树干参天耸立，有的枝丫蓬勃展翅。站在树前，望着一棵棵密密匝匝挂满折扇形状的银杏叶子，那叶叶金黄坠挂在深秋灿烂的阳光里，仿佛如一个个缀满的金袋子装满的幸福与快乐，在秋爽的风中飘落到游人的身上。有人说，踩在这样的土地上，幸运会接踵而至；还有人说，抱一下金黄色的银杏古树，生活会像树干一样如日中天。这些美好的祝愿和心拜祈福的向往，不正是新县人民全域旅游脱贫攻坚的真实写照吗？不正是游人如织的期待给村民带来乐呵呵的容颜吗？

于是，在异乡的土地上，我想着今秋的银杏叶黄，想着那片叶黄如金的情景，从杏叶铺盖的萝卜园里，拔一个青白相间的本地萝卜，啃上一口，依偎在银杏古树的身旁，望着头顶片片而落的杏叶，在一旁释放着心里的相思。

于是，我听到了乡亲熟悉的声音：“回来吧，这里的空气比城里好。”乡长余地青也在电话里说：“虽今年疫情有些影响，但今秋游人超过往季。”

是年，你一定要去大别山看看，那里是块红色的土地，那里有总书记的足迹。

是年，你一定要到杨高山上瞅瞅，那里有乡亲们纯朴的笑容，那里有叶染如金的乡间美丽……

友情需要亲情呵护

我常为友情的相聚，倾出了亲人心里间那份无私的关怀和爱护，也常为那份情怀带来的温暖而感动。

那是一个艳阳高爽的秋天，朋友说好久没见了，想约我周末一起出来坐一坐。面对友人的相请之情，我见身后无重要的工作便爽朗地答应了，也在心中做了应允的承诺，说出“一定参加”之类的话语。让朋友如期而至地进行相约的话题，也让他按约定的安排在家中静候那一天的到来。

当我相约朋友之际，妻家的电话来了，说母亲突然不适摔了一下，腰部出了问题。我一听家中的消息，想着在异地城市生活的家人，急忙问了些情况，说周末一定请假回去看看。

于是，朋友之约与家人之事有了冲突，也便出现了失约的情况。虽然没有向朋友说出去与不去的想法，但也没有对家人讲起朋友相聚之事。

在那个温凉的早晨，窗帘的缝隙透出黎明的时光时，我起了床，打的去了车站。不到中午，一路望着窗外的农舍与村庄，来到了曾在那个举办婚姻的塞外家乡。见母亲躺在床上，仍是那样痛苦，不停的呻吟声与相互的问候声，让我看到了老人的期待与疼爱，也瞅见了老人的孤独与寂寞。

回来了，应该多陪陪老人。回来了，多与家人说说久别的话。

突然，想起晚上朋友之约的事，便对妻子说："下午得赶回去，与朋友有个约。"

妻子说："打个电话说声吧，家里有事。"

我望着疲惫的妻子无奈地说："还是赶回去吧，与朋友约了。"

岳父听了有些埋怨地望着我："刚回来就走？也不住一晚上？"

望着步履蹒跚的岳父，我无言以对。过了一会儿去厨房对正在做饭的妻子说："还是赶回去的好，朋友多时没在一起了，如果失约心里觉得别扭。"

妻子停了良久回过头说："聚一次也不容易，回去吧。这边的事我安排好。"

其实，与朋友相聚不是为了那一顿饭菜，也不是为了那个酒钱。是那顿饭前的约定与遵守，是那顿饭的友情与快乐。是酒桌上的情泻在不停的举杯之中，大伙儿坐一块儿的那个胡吹瞎侃，是久别的意在烟丝缓缓缭绕的房间里散发出那个兄弟般的味道。许是多了，晃荡了；许是吐了，不记得了……那烟灭间口吐飞沫的高声大嗓，那来一杯再来一杯的兄弟情谊。人生的快乐有亲情般的相濡以沫，也有友情顷刻间的浓浓话意。

我常想，人世间最温情的是亲情的宠爱，友情的关怀，是家庭的絮叨，友人的捧场。

我见过失约的朋友，也看到失约的朋友给主宾带来的一丝失落。

现实中人人都生活在一本难念的经里，也在彼此友好间相互温存。对一个人来说朋友多，无所谓；少，也无所谓。若都是这样的思想，真诚相待必在传统文化的字间里散出发霉的味道来。

为此，在友情与亲情相碰撞时，我常珍惜兄弟间多年积攒的情感，也感谢亲人间无比宽容的支持与呵护。

友情在远方

坐在窗前，想起远在千里之外的朋友，觉得已有些日子没来电话了，不知他近日是否可好。想着想着，忽然发觉同在一座城市生活的同学，也有一年多没有什么往来了，相互间也没什么问候。

人的相思往往在夜空里，心向远处无穷尽地思念着，像夜里的天空总是抬头寄予希望，冥于遐想，把心中的惦记扯得长长的，飘得远远的，任夜风吹拂，任星辰寥落。于是，心在远处，人也飞到远处，牵挂便从心中积习而来，落在远方那个有情人的心上。

或许在有雨的日子，或许在雾起缭绕时分，在那条长长泥泞的巷子里，我望着街头房檐前飘落的雨，细细地像条线绳似的落在地里，溅起的雾水像一朵盛开的水晶花儿，瞬间映入眼底，我想蹲下来伸出双手把它捧在手里，让它徜徉在心间，又想打开遥远的心结，呼唤朋友共赏这雨雾般的深情。

或许在孤独寂寞的时候，总是将心思遥寄在相知的梧桐树下，仰望如钩似的月儿，将思绪系在苍茫的夜色里，把忧伤抛越尘世的山岭，穿过心间的丛林，与友人空中对歌，私下窃语，来畅解心中的疑愁爱恨。

于是，友情在远处，朋友也在远处。王维说：“遥知兄弟登高处，遍插茱萸少一人。”高适讲：“故乡今夜思千里，霜鬓明朝又一年。”有人说思念是首歌，思得远，心念也远；有人说远方的月皎洁，在潺潺溪流中像缥缈的仙境，让人留恋。这样，心在远方，人自然与远方的人一往情深。

因为近处无忧，也无牵挂。近处不在相思中，故此也没了往来。

有种思念叫流泪

有种思念在五千年的历史中，穿越到人的眼睛里，寄托在心灵上，当相思得揪心时，泪潸潸落下，连同她刚刚分娩落地的孩子，也哇声一片。

那泪相传是禹的妻子女娇流传下来的。那时，人就有了相思之苦，一人恪守一方，忠贞不渝，当女娇临盆的瞬间，婴儿呱呱坠地便大哭起来，那婴儿的泪是女娇日日夜夜思念的泪，终于在孩子降生的刹那间，倾诉着心中无限的寄语和无尽的眷恋，它把人间的温情如雨般地洒落在一方相守人的身上。

那人便是禹，三过家门而不入。那人便立了雄心壮志，背负着望眼欲穿的眼泪。那泪便是女娇，含着十多年的牵挂与真情，怕滴一滴下来，惊动泛滥滔滔的黄河之水，搅动禹心里的不安。

自此，人便有了眼泪，也有了相思。

于是，相思在拼搏的路上，有的人学会了禹的敬业，把情埋在心底。有的人噙着眼中的泪水，将思绪飘落在遥远的异乡异地，在那里持家卫国奋斗地生活着。

慢慢地，相思变成了两地之苦。一方牵挂另一方的衣食住行，一方惦记另一方弱不禁风的身体。

慢慢地，相互间彼此依恋的情怀，都寄存在无人的角落里，等待那个风雨飘落的日子，一起倾诉衷肠，雨下泪落，风飘泪洒。

如今，思绪也多，惦念的人也不在少数。不同的思念也有不同的感怀，有担心父母身体的，想念成泪；有念着孩子成长的，操心掉泪；有盼丈夫殊荣归来的，泪隐于心；有想妻子生活不易的，潸然流下男子汉无以言明的泪水。不过，有的困苦多了，那泪滴在辛酸上，有时又多了一串埋怨的眼泪。

生活中无论是喜是忧，是乐是愁，会有一双情人般的眼睛，常默默地在难熬的夜里注视着、想念着，有时零星般地洒落，有时细线般地滴流，在那样难以煎熬的日子里，相思何止是滴淌的泪水，那是心中的苦水啊。

站在十七孔桥上

无论是风残叶落的冬季，还是风光旖旎的春天，走在清代皇家园林式的颐和园里，信步穿过熙熙攘攘的人群中，站在十七孔桥上。我发觉那桥带着帝王的霸道，横卧在昆明湖上，是那么地悠闲自得，那么地雄伟壮丽，仿佛宫丽三千从桥头相拥而来，品着帝王的爱好，在桥上指指点点。

那桥走过多少春秋，多少个粉世佳人嬉笑在皇家似宠非爱的奢靡风光里。是相思，还是冷落？是宠玩，还是遗弃？望着眼前满湖泛起涟漪的水，那哪是水啊，分明是妃子们在后宫里怨恨的眼泪。那哪是波啊，分明是帝王子孙应和着臣子们的浪荡淫声。

你知道相思时的苦吗？那愁断心肠的记忆，常在尘世间如烟波浩渺，夜半凄戚，多少春梦掩埋在额头的皱纹里，飘落在年少乌黑的头发中催得两鬓斑白，那愁能不望眼欲穿？那泪能不涌滴于湖？

你知道遗弃的滋味吗？纵有一脸好容颜，哪知粉世三千丽。这样的帝王角落，哪有柔弱的声音在皇前一笑？这样的皇家园林，哪有不存在宫斗的怨声载道？弱小，被凌欺。平庸，易冷落。这种宫廷间的冷弃，有多少个弱小女子，就有多少个无声的怨恨。有多少个身无才德的宫丽，就有多少个冷漠无情的夜晚。

站在桥上，摸着帝王象征的石狮，那桥孔涌动而过的湖水，哪滴不是宫丽寄存的悲怨，在春夏秋冬的夜里流着无人抚摸的眼泪？哪滴能漫过桥孔，漂到幸福的人间，享有着青春靓丽的快乐？

有人把希望寄托在“金光穿洞”的日子里，一年过去了，又把身子寄望于第二年的阳光照洞。

于是，冬至来了，每年又是那么一两天。而那样的天气里，又是不到半炷香的工夫。一年的渴望变得失望，一时的青春熬白了头。身在皇家，哪是身心愉悦的滋味。

每次，走在这座石阶铺满的十七孔桥上，尽管那个帝王时代已经远离历史的星空寥落，见坐落在石柱上的那些帝王雄狮，那个威严，需要多少柔情似水的抚慰，淹没在日月星辰的风花月夜里。

而如今，百姓的脚步常慢行在这里，仰望日月，沐浴阳光，欣赏着波光粼粼的湖水，敞亮着是另一种欢声笑语，另一个福满乾坤的时代。

针　灸

中医的神奇常在患上老毛病痛苦无门医治的时候，才知它的深奥让人远离痛苦而叫绝，也深知医术的绝活给人信服让心宽慰。

患肩周炎症近八九个月了，那撕裂的痛让人抬不起胳膊。有时稍微碰一下手臂，马上疼得蹲在地上扭动着身子，不知如何是好。那疼，像在神经里，又像在撕肺揪心。每次疼痛时，再坚强的男人也会从眼睛里冒出几滴眼泪。

求医的路让我常往医院跑，因离家近。有时还是迷信那里的医生，可效果总是难填心里的要求，没有想象那样瞬间解痛治病。

于是，不治了。疼就疼吧。朋友说，怎么也得疼一年。一年能好善莫大焉。心中开始巴望时间悄悄地过去，也期待身体慢慢地好起来。

一天，去单位门诊部外科开点钙片。见一个外科医生“玩”起了针灸，心里不由得惊奇起来，便惊讶地望着他：“你会针灸？”

他抬头瞅了我一眼，“还用大惊小怪的吗？”随后，他又补了一句，“你是新来的吧。不然，你身体好。”他说：“身上什么问题，说吧。”即刻，我眼睛一亮，说出了多日的痛苦。

单位门诊部与医院只是一墙之隔。平时，身体有点小毛病总往大医院跑，也爱往大医院去，因为心里总觉得大医院医术高明，心也崇往。

其实，世间的事有世间的方法。选择适合自己的一种，事顺而病除。正是一位伟人所讲，鞋子穿在自己的脚上才觉得合适。

一连几天的针灸，胳膊能伸展自如，也能反手摸到后背。于是，心里喜喜的，精神像变了个人似的。

忽然发觉，生活的事，犹如人的相貌切不可海水用斗量啊！

珍惜眼泪

生活不易，遇上挫折流出眼泪的日子不在少数，但流泪是件不易启齿的事情。克服它，生活便是一片晴朗朗的天。

其实，眼泪是人身体上的精灵，也是心灵上的一剂良药。有时流下它，身体就会轻松，心里容易得到自我安慰。但，对一般的人来说，有点儿委屈就滴泪，有点伤痛就哭喊，那不是一个坚强的人。

坚强的人，一般眼泪不轻弹。他常把眼泪化作春泥来护花，也爱埋在心里挺过巨大的压力或打击，走向成功的山峰上，感受幸福的喜悦。人常说，人不到伤心之处，轻易不流泪。志向远大的人，遭遇伤心之事，常把泪水吞在肚子里。

流泪容易，忍住泪水很难。有初来乍到被欺负的，有遇到小人在背后使坏的，有钩心斗角受气的，有工作不力挨批的，还有领导故意找碴儿的……内心再强大的人遇上这样的事情，怎能不找个角落流下几滴眼泪，怎能不咬着嘴唇强忍泪水？

有的人在委屈中学会了忍让，有的人在算计中学会了坚强，有的人懂得了处世的圆滑，有的人明白了做事的严谨。也有的人终于明白，流泪有什么用，哭又有什么用？弱者的眼泪是不会被人同情的，到头来还得靠自己一步一步地干、一点一点地做。

珍惜眼泪，就是在特定的环境里能抗住压力，守住精神，修复心灵的外壳，让自己强大起来，让心坚强起来，让生活成熟起来。让一个初出茅庐的小伙子，在泥泞不堪的小道上有股攀登高峰远眺的勇气；让一个不懂得世俗的毛孩子，在风雨交加的天气里感到生活的不易。

生活固有阳光，但乌云有时不请自来。无论是哪一种天气，希望终归在自己的心里，如同圣洁的泪水在心中孕育巨人的种子，能在山河冰冻的天里孕育出鲜艳的花来……

泪就是这样，人有泪时，不要轻弹。学会珍藏，就是学会生活的希冀和与众不同的鲜亮。

知行合一

把心灵打开，张开想象的翅膀，从心念开启的智慧，到心间意识的泛起，把杂念清除，让信念凝聚，积攒心灵的力量，让天地合一。

天地合一是让人心间泛起的意识合一，它像一根金黄色的项链，挂在身有气质人的脖子上，放出高雅的光芒；它似蝴蝶张开的翅膀，敞开心扉，舒展心念，放飞意识的梦想，宛如一颗璀璨的珍珠，镶嵌在心间，让芬芳的岁月青春靓丽，让炽热的情感款款入怀。

我认识你吗？仿佛在昨夜星辰闪烁的夜空，你低语双手合十的神态，雍容华贵，笑声烂漫。似乎天地之间，顶礼膜拜，双手捧着你的到来。

在未知与步入的路上，你总是那么敞怀，让有情人终成眷属，让意识坚强的人触摸济世的灵魂。

在纷纷洒洒的世界里，予取予求，一路笑脸，一路平安。

你的高贵在于胸前珍珠般的圣洁，你的绽放在于知与行的意念给心灵的空间一份山川日丽。让心驻守，让风飘柔，让眸生情，让阳光熠熠生辉。

还记得双手合十的那一刻吗？那个双手合十的瞬间，你让心豁然开朗，又让灵魂脑洞大开。你清洁如肤，圣贤如母，你鲜亮如玉，意念如父。在知与行的路上，给了一份真谛，洒下了一份真情，让人真心丝语，钟情于你。

生活如歌，情声如潮，徜徉在知与行的时代里，似幸福的歌儿，又是快乐的童谣，在意念的神情中，如霞光四射，在喷薄而出的晨曦里，如幸福的时光，铿锵有力，意志坚定……

走近你心里

一枝花朵，因为它的娇艳，它的妩媚，它的芬芳，走近你的视野，撩起你心中的情丝，你才记住了它。

一湾溪水，因为它的细流，它的清澈，它的幽静，掠过你的眼神儿，涓涓而汩地流水，淌进你的心里，你才有流水的影子。

一棵小草，因为它的嫩绿，它的无华，它的生命，顽强地立在狂风暴雨中，让你有了生命的赞叹，你才有心中的爱怜。

一滴雨水，因为它的飘落，它的倾情，它的淋漓，滴淌在窗前，淋湿了思念，你才有了雨的情怀。

一把花伞，因为它的可爱，它的风情，它的遮挡，在风中任你撑起，在雨中任你旋弄，在街头任你偎依，你才知伞闲置的哭泣。

一束阳光，因为它的灿烂，它的耀眼，它的多彩，跃入你的眼帘，沐浴你的心里，你才生活在春风中有如此美丽。

一次邂逅，因为它的偶然，它的相遇，它的识趣，在不期而遇的街头，有了个怦然心动的举动，你才打开心扉间的话语。

一种深情，因为它的情意，它的真情，它的向往，像望眼欲穿的云，挂在遥远的地方不能入怀，你才动了心思，起了渴盼，一如既往。

一份思念，因为它的缠绵，它的情深，它的凝愁，夜不能寐地躺在床上，辗转心里的潮水，你才知世上相见的唯有相思最难。

所以，走近一个人的心里，或是一花一草的动容，或是阴雨绵绵的街头，那个含情脉脉的注视。也许在一个傍晚，暮色苍茫的路上，一直惦记那个难掩心动的眸子……

昨夜新疆

前往新疆，记得是去年的冬月。那时天很冷，伸出手来，瞬间手指冻得有些僵硬，感觉生疼生疼的。于是，把手塞进衣兜里，大半天才缓过劲儿来，觉得有点儿温度，没那么冷了。

恰在那时，我与友人李江一起到了乌鲁木齐。可乌鲁木齐的冷，没有来之前想象得那么心悚肉悸，冷得让人缩手跺脚。

临走前，家人再三劝我说：“别去了，大冬天的，谁往新疆跑啊。”

“大冬天去看看，才有新疆的味道。”我固执地坚持着。

来之前，新闻上已播报了新疆前几天下雪的情景。那画面是大雪纷飞，天山南北皑皑白雪，白茫茫一片，很有北国风光里的“千里冰封，万里雪飘”的韵味，让人不禁动容，想去趟新疆，看看那里的雪，瞅瞅那里的山，凝视一下西域的风光。

新疆自古就有“丝绸之路”的美称。古时，它连接着亚欧大陆贸易的桥梁，繁衍着中华民族的文化交流与往来，也密切地促进着中华民族与中西亚各国的友好发展，让黄河流域的文明勃勃生机，源远流长。

在雪天里，穿过乌鲁木齐的街头，沿北去的公路不畏严冬地前行，我看到了冰封的天山天池。天池封冻了，远看那池中的绿啊，在四面环山而拥的脚下，像一颗翠绿的明珠，璀璨在皎洁的雪山之中，为天山的冬天敬献一曲人文的音符，一场西域圣洁的画卷。

人夸天山南北好牧场，牧着牛和羊。我想，这样的冬天在这样的天山，还想象着中学课本里的那个围着火炉吃西瓜那样的情景吗？

西瓜应有尽有。可嘴馋得吧嗒吧嗒响的不是那飘香四溢的瓜果，而是那盆热气腾腾的手扒羊肉，那烤得滋啦滋啦的新疆肉串。许是吃了一串，还望着一串。许是啃了这块，还惦着那块。那肉香啊，在这样四周冰冷的雪屋里，望着桌子上那盆冒着热气飘香的羊肉，咕噜噜的肠鸣让人不知礼数地大口啃嚼起来。嚼得热火朝天，满嘴喷香。嚼得粗语连篇，情暖谊长。

我笑着对朋友说："吃肉（羊肉）还是来新疆。冬有冬天的味道。"

朋友说："在雪屋里手扒羊肉，没吃过吧。"

他用筷子一边夹着一块羊肉，一边睁大眼睛对我说："在雪地里手扒肉，有情调。"

"我们吃的不是肉，吃的是天山南北的风土之情，是雪地里的西域之情。"他又在桌子旁补了一句。

是啊，这份西域之情，仿佛就在昨夜，从新疆飘来，带着羊肉的味道，问声："兄弟，过年好。"

兄弟，过年好。今年的春节有这样的问候，这样的心声，才是真的好，幸福地流着眼泪说好。

做好自己的

在全球抗击新冠肺炎疫情过程中，中国作为一个负责任的国家，积极开展疫情防控国际合作，向欧洲一些国家伸出了援助之手，在国际社会上展现了一个大国的风采，也做了一些欧洲国家不愿意做的事情。

这之间，在国际社会上难免会产生一些闲言碎语，一些带着傲视与偏见的人发出不同类的声音。有的是蔑视性的，有的是侮辱性的，还有的是打压性的。他们中的这些人不管中国政府怎么唇齿相依、风月同天，也不管中国人民怎样真情倾出、无私帮助，他们总是另类眼光、另种语言，嘲讽相对、不领情面，甚至说中国人是小题大做，拉拢人心，歇斯底里地从心里接受不了中国人伸出的友谊之手。这种思想上的固化一时是改变不了的，甚至根本没法改变。所以，我们不要因这种声音塞进我们的心里，觉得不应该向这些国家加强国际间的疫情合作，也不要认为一次疫情的帮助就让他们念记中国的好来。相爱需要终生，日久才知人心。

记得没有向意大利伸出援助之前，他们中的一些民众骂中国人是“病毒”。中国的医疗专家过去之后，他们的民众开始对中国的恩情念念不忘。意大利外长迪马约在社交媒体上用视频展示中国医疗专家组和医疗物资抵达该国时发出正能量的声音：“我们并不孤单，世界上有人希望帮助意大利。”塞尔维亚总统武契奇含泪请求中国后，对中国的援助动情地说：“只有中国支援我们。”还有一个欧洲国家，一直以来戴着敌视的眼镜看待中国，它叫爱沙尼亚。其有关部门把中国列入“威胁名单”，对华一直处于“冷战思维”。这次分享中国抗击新冠肺炎疫情的经验时，不得不认为中方提供的资料“非常专业和有针对性”。

正因为我们积极主动地加强国际社会抗击新冠肺炎的合作，一些西方国家慢慢地开始改变对我们的看法，一些西方民众也从心底开始认同我们。这个变化，属于中华民族的集体智慧，一个与邻为伴、与人为善的根本。在抗日战争时期，毛泽东说：“团结国内外一切可能团结的力量。”

这是我党革命胜利的法宝，今天对我们来说仍以致用。朋友越来越多，敌对的意识也就越来越少。

做好自己的，不管别人怎么说。这是一个大国的态度，也是一个大国的风范，病毒不分种族，也不分国界。中国秉持的是人类命运共同体理念，摒弃的是霸权思维、以强凌弱的思想。在这次抗击新冠肺炎疫情中，中国以一个大国的姿态在国际社会上沉着应战，守望相助，共克时艰，赢得了国际社会的尊重，也得到西方一些国家的赞誉和人民的认同。这种来之不易的成果，是站在“一带一路”的战略思维上，守护着人类命运共同体的发展，把“一方有难、八方支援”的华夏文明传递到世界各个角落，把“投之以木桃，报之以琼瑶”的中华民族的文化传统融入世界人民的心中。

栽下梧桐树，不愁金凤凰。做好自己的，友好自然胜过敌意，傲慢的人也会自讨没趣。

把爱传递到西方民众的心里

中国素称礼仪之邦，文化源远流长，自古热爱和平，渴望和平。有着“相知无远近，万里尚为邻”的传统思想，也蕴藏着“山川异域，风月同天”的友好情怀。中华民族五千年的文化经历过沧桑，也遇到过风雨。

这次，武汉疫情暴发所面临的考验，不仅显示了武汉人民对生命的坚强，也向世人展示了中国人民抗疫斗争的力量和坚定信心。人民有难，八方支援。同时，也看到了一些友好的国家和政府在中国抗疫最艰难时刻，伸出了援助之手，尽了些微薄之力。

急难有情，情有馀兮。中国人民没有忘记他们，在疫情肆无忌惮地侵害他们的身心健康时，我们以“授之以木桃，报之以琼瑶”的方式，派出了专家医疗队，还捐赠了一些急需物资。

这之前，在国外，华人走在马路上被指着骂是“病毒”，甚至一些高官也带着固有的偏见指责华人。如意大利某地市长在自己的脸书账号上，用非常粗鲁的言语谩骂中国人，并称“应该只有他们（中国人）去死！”并在结尾加上了五个感叹号。还有一些无知的年轻人，也发表“中国人吃狗肉，吃老鼠，现在吃蝙蝠！恶心”等言论。这种西方民众因长期受到西方文化大肆渲染的熏陶，甚至受一些政府官员敌意歧视行为的影响，带着傲视与偏见，始终对中国人怀有一种敌视，有的还出现反华排华等现象，这些都源于他们的文化、他们的政府、他们中一些不怀好意的官员。疫情面前，他们在自顾不暇时看到了中国人民在抗疫面前显示了中国的担当，也看到了中国政府竭尽全力地对普通民众生命的保护。他们在看清了身边邻国冷漠与无情的同时，便要求中国政府守望相助，共对危机。这之间，正如意大利驻欧盟大使毛里齐奥·马萨里在一篇公开发表的文章中写道："没有一个欧盟国家响应委员会的号召。只有中国作出了回应。"

据网络媒体报道，随着意大利疫情的不断扩散，附近邻国一些民众也开始用有色眼镜看待意大利人，意大利人也尝到被无端歧视的滋味。很多意大利人开始醒悟，他们在社交媒体上留言称："在对别人做了那么多年不宽容的事之后，现在换作我们难过了，对吗？""我们应该向中国人道歉。"疫情没有国界，齐心协力抗疫是国际社会唯一正确选项。当中国红十字会志愿专家团队飞赴意大利后，他们的民众都表示了感激之情，一些人还对此前的言行"很惭愧"。

疫情给我们带来了深重的灾难，也给西方民众带来生命的安危。但在他们最危难之际，我们伸出了友好之手。对一个国家和民族来说，这送去的不仅是生命健康的保障，更重要的是让他们的民众看到了中国人给他们带来身心健康的希望。这种患难见真情的友谊，这种共克时艰的举动，把它从一座城市传递到另一座城市，让这种爱融进西方民众的心里，让人类命运共同体的声音在西方更响更亮，响彻世界。

不读书，你连标语都写不好

华夏泱泱大国，素来文化底蕴深厚，博大精深，堪称世界文化鼻祖。

有时觉得生在这块土地上，得到这块肥沃土地的滋润，心感光荣和幸福。但是，随着物欲的横流，财富的不均，一些人渐渐地变得不安起来，心中的浮躁把五千年的文化忘得一干二净。开始变得心无信仰，自毁三观。出现大学在混、毕业出来还是混的现象。网上说，“不读书，你连捐款留言都写不过人家”。

是啊，不读书，不了解历史，我们拿什么跟人家比。人家说，“山川异域，风月同天”。这是我们老祖宗的话啊。而我们呢？不是“今天走亲或访友，明年家中剩条狗”，就是“隐瞒症状不上报，黄泉路上提前到”。还有人把臧克家写的《有的人》也派上了用场，“为人进去的门紧锁着，想死的门敞开着……”这些标语虽然通俗易懂，简洁明了，但从另一个角度反映了我们胸无点墨，满嘴憎恨，相互咒怨，也反映出人们心中的基本素养和德行。事小了好说，事大了容易群起群殴，甚至发生流血斗争。这也是文化肤浅、人的素质低层次徘徊的缘故，也反映了人与人之间的自私自利、心胸狭窄、鼠腹鸡肠。

前几天，伊朗外长扎里夫在驰援中国时用中文发推，并援引中国古话“岂曰无衣，与子同袍”。但我们中很多人在一定场合，甚至一些公众人物在公众场合往往口无遮拦，窘态百出。既无知书达理的君子之谦，又有失做人的胸襟与涵养。

再来看一些标语，有的毫无手足之情，人世间的关爱，喊出了“发烧不说的人，都是潜伏在人民群众中的阶级敌人。”“不戴口罩就出门，这个杂种不是人。”“老头在家防感染，丈人来了也得撵。”……其标语五花八门，语言泛滥，思想低俗，枉为五千年华夏文化传承的高尚精髓。

为此，读书不是简单地视为认识几个字，上了几年学，取得了什么样的文凭。读书，是为了更好地应对突如其来的自然灾害或人为惹下的祸根；读书，是让人更多地懂得大灾面前，抱柴取暖的意志、众志成城的决心和信心；读书，是让人明鉴历史，把握现在，拥有未来；读书，就是规范自己的言行一致，言必行行必果，更好地为人民服务。

不然，认识了几个字，脑子往歪处想，处事不分轻重，做事简单粗暴，生活中爱占小便宜。不然，大灾面前写个宣传标语，不是咒言，就是狂语，犹如妇人骂街，没有品位，也确实难登大雅之堂，难怪网友舆论一片。

所以，读书，要读史书，增长人文修养的书。读本学会处理大是大非方面的书，组织协调能力的书。这样，就是写条标语，也能写出华夏文化源远流长的新篇章，写出华夏大地万众一心、不辱使命的横幅来。

不识的字认真写三遍

读书是一种娱乐，也是一种修养。人，往往在读一篇文章时，有一个或多个生字或生词念不出来，致使文章不能流畅地读下去，将自己尴尬地晾在那里，以至于不能说文解字，理解不了作者用词的真正含义。

一个字不认识，或是生僻字，让人难以读懂。若一篇小文有多个字词不理解，或读音不准，囫囵吞枣地念下去，而不去翻翻字典，查查其字词的意义或读音，若是那样的话，读了再多的文章，或是再次读到它，还是两眼一抹黑，并应了同事间平时爱戏弄的那句话，属于典型的一个白字先生了。

书读得少了，当然不爱读书。或是生活中有的人不需要读书，觉得这样活着也是一辈子，也有幸福和快乐。这类人在生活中占大多数，也没必要强求他去读几本书，识几个字。

但有些追求的人，育儿成长的人，还是要经常读读写写的。不然，在一定场合、讲台或会场上说句词不达意的话，或是读错了字，念错了音，容易闹出笑话，有损个人形象，用老百姓的语言讲，怪不好意思的。

有时，在读书识字中，还真的遇上有些字或词面带难色，不仅不知读音，还不知如何从偏旁部首中查找，这样可能是碰上生僻的字词了。如前天在阅读一篇文章时，就出现了这样的情况，一个字把自己噎了半天。如，那水蓝得透澈，敻渺无边。敻渺中的“敻”(xiòng)字，一时念不出来，不知其意。经查，《现代汉语词典》意为：远，辽阔；久远；姓。读音为（xiòng）。其字组词：～若千里。《康熙字典》《字汇》中解释：呼眩切，音绚。《说文》中意为：营求也。又呼正切，音荣。姓也。汉代史学家班固在《曲引》一文引其字为句：上哉敻昂？其书犹得而修也。北宋诗人、散文家王禹偁在《黄冈竹楼记》中写道：“远吞山光，平挹江濑，幽阒寥敻，不可具状。”把该词的意义用得栩栩如生，趣味浓郁，读罢心畅颜润，蘧蘧慰藉。

读书识字，若真的钻了进去，还是嚼有其味儿，苦尽心甜。

若不识子丑寅卯，还是要静心而读。难读的字用手比比画画写上三遍，再难懂的词也会念了，再不易读的字也能知其大意。

从“悚然”二字中，方知才疏学浅的浮躁

春节在家，无所事事时随手翻阅了余光中的散文集《世故的尽头天真的起点》一书，在读到他的女儿余珊珊所写《诗人与父亲》的序文时，对于“悚然”二字，我竟查阅了字典，翻阅了手中所有的资料。

其实，在中学时，我对“悚然”并不陌生，多数以毛骨悚然来组词造句，觉得掌握这点已经足够学有所用的了。而那时的记忆，最深的也只是这个词了，但对它的出处茫然不知，也未再往深处探讨。

可读到二字时，却产生了癖好，想探个究竟，问个所以然来。

悚然，《现代汉语词典》释义为形容害怕的样子，但没有出处。它出自哪里呢？《辞海》中讲到最早出自《三国演义》第八九回：“朵思见之，毛发耸然。”“耸然”应是“悚然”，“耸”通假“悚”，没有下文。

于是，我继续从史书中检索，在《三国志·吴志·孙霸传》中检索到“悚然”二字，其句为：“顷闻二宫并绝宾客，远近悚然，大小失望。”“悚然”二字这是史书中第一次不为通假字出现，并在该书文中记载。

魏晋南北朝时期，北齐大臣李绘（赵郡柏人，今邢台隆尧县）所著的《北齐书·李绘传》一书中所述：“音辞辩正，风仪都雅，听者悚

然。”南宋著名思想家、文学家、政论家叶适的《太府少卿李公墓志铭》所载：“岂不富贵，视若一尘；我为悚然，思见其人。”另一个南宋抚州推官罗大经所著的文言轶事小说《鹤林玉露》中，该书卷八中也有“悚然”二字。书中写道：“杜少陵诗云：‘彤庭所分帛，本自寒女出……臣如忽至理，君岂弃此物！’即尔俸尔禄，民膏民脂之意也。士大夫诵此，亦可以悚然惧，恻然思矣。”可见，“悚然”二字在古时文言轶事中常被古人所运用。

但诗词繁荣的唐朝，没见有记录记载。元代作家婺源知州吴昌龄在所著的《东坡梦》第三折中，也用了该词：“赤律律起一阵劣风，劣风，不由人不悚然惊，凛然恐。”

明清时期，无论是四大名著，还是冯梦龙的通俗小说，都在书中巧妙地运用其词。如冯梦龙的《东周列国志》第四十四回：“文公悚然，命赦勿杀，曰：‘寡人聊以试子，子真烈士也！’加礼甚厚。”而吴承恩的《西游记》第十回却用了“毛骨悚然”一词。如：“龙王见说，心惊胆战，毛骨悚然。”吴敬梓的《儒林外史》第八回：“两公子听了，悚然起敬。”至此，“毛骨悚然”这一词组开始在文学中遣词造句了，但清代作家曹雪芹、满清作家和邦额却用了“毛发悚然”。如《红楼梦》第一〇一回：“（凤姐）虽然毛发悚然，心中却也明白。”

清朝满族文言文作家和邦额在《夜谭随录·戴监生》一书写道：“戴监生偷听到两个鬼的一番议论，议论中居然提到他。戴骤聆至此，毛发悚然。”

但二词在现代文学中描述极为常见，也比较广泛。

鲁迅在《彷徨·祝福》一文中描写自己见到祥林嫂时用了该词。他说：“我很悚然，一见她的眼盯着我的，背上也就遭了芒刺一般。”而著名作家水运宪的《祸起萧墙》一书中用的是“毛骨悚然”，其语句为：“傅连山毛骨悚然。”但邓洪讲述的，上海文艺出版社出版的《山中历险记》一书中，却用了“毛发悚然”。如：“煞静的深夜，一个人在毫无掩蔽的山顶上，听到一声虎啸，那是不由人不毛发悚然的！”

为此，无论毛骨悚然还是毛发悚然，在文学上都可通用。但对二字的学习，才知文学道路的艰辛与严谨，也深知要想弄通弄懂一个字、词的缘由，非一日之功、一日之寒。

凌云寺的雾

在我的老家新县，有一座秀丽的山名叫凌云寺。那山很高，若是天晴的时候，站在高高的山顶上能看见很远很远，眼力好的人用手指着遥远的山峦那边犹如蓝天的地方说是邻县修建的水库……

我在打柴时，常爱跑到那座山顶。而在雾起云霄的时刻，欣赏着眼前的雾。那雾从山中飘来，有时像一条白色的丝带，缠绕着山间；有时像一缕天上的云，停在山的不远处，调皮得像个孩子动情地冲你而来。

那是凌云寺的雾，在上午放晴的时候，它躺在山沟沟里，任阳光照耀，任轻风抚摸，它懒洋洋地依偎在山腰的岩石旁，曼舞在山林中，丝丝缕缕，缕缕丝丝，如纱如絮，不肯离去。

有时，我只身雾中，雾水浸湿了裤腿，身子却不知疲惫地沿着山路走着；有时，想用手抓一把如烟的雾气，却不等伸手，那雾飘在脸上，湿润着皮肤，给人一脸清新。

后来，我到了北方。见浓浓的雾布满了大街小巷。我兴奋地跑了出去想揽其入怀时，却飘来了满嘴呛人的烟煤味。朋友嘲笑地说："那是霾。"我瞅着烟雾弥漫的城市，心里却想着老家的雾气。

慢慢地，心里不知什么时候想起老家的雾来，也渴盼着有一些时间，跑回老家的山中，沐浴着那里的雾。

那雾养人，也滋润着人。那雾飘进心里，生长着爱的情丝，又酿出缠绵的话语，似柔情如水，又绵绵如纱。

有人说，浓雾笼罩时，凌云寺像披着白纱的新娘。有人说，雾开云散时，它腼腆得像一个怕见陌生人的小姑娘。

去年的今天，我跑了回去，可雾却藏在了灿烂的阳光里，不肯出来；今年的十月，我想念着故乡的月亮，只身山的跟前，却不见雾的踪影。

明年呢？

在那个露水满山、飘摇着满树红叶的季节，我想打包着往日多情的心思，领略着那场雾的到来……

那场家乡的雾，养人滋肺沁心的雾……

人间的小雪

每当一年中的二十四个时令节气的到来，我常感慨古人的智慧将天地合一的道理与世间万物的统一相结合，也被他们摸索自然界时令变化的认识与人间的冷暖息息相关而叹服。

小雪了，它是立冬后的又一个时令，也是冬天里寒气袭来时的第二个节气。它预示着人们天冷了，该加加棉衣和被褥；它提示着人们，地寒了，该收拾好过冬的食物和用品。

而现在，有的人还似生活在秋天里，着衣单薄，胸前如纱，冷不丁一夜寒风到来，顿觉天气冰凉，身处冬天。唐代诗人张登说：“甲子徒推小雪天，刺梧犹绿槿花然。”树还绿，槿花然，可是身外早是不同天。

小雪了，那是人间的美丽，也是生活中的节气。有人乐呵呵地站在雪地里，欣赏着天上飞来的洁白雪花，释放着心里的喜悦和乐陶陶的情怀；有人热气腾腾地迎着刺骨的寒风，走在意志坚强的路上，想百炼成钢。

冬来了，虽经过春的播种、秋的收割，但天冷了，该是一年悠闲的时候了。于是，有人靠着自家的墙根儿，面朝着太阳，说着春的辛酸，夏的苦恼，秋的一线希望。有人围起了火炉，论着家长里短，说一年过了一年，年年破衣烂衫。唐代诗人徐铉讲：“寂寥小雪闲中过，斑驳轻霜鬓上加。”

是啊！天冷了，人闲了，霜鬓自然爬满额头。

是啊！雪到了，冬来了，岁月自然隔夜变厚。

于是，我想在雪片飞来之际，顶着寒风，冒着雪气，厚实自己。正如那诗写的：“愁人正在书窗下，一片飞来一片寒。”

我也想在这个寒冷的时节，抱着一膛炉火，品着刚沏的热茶，闲度风雪的时光。

物有时令，人有精神。小雪过后，大雪纷至，生活中的幸福还在后头，还在顶风冒雪的日子里。有人说，人间自有飞雪在，胜过神仙煮汤来。

那是小雪，落而不落，下而不下，都能飘进心底，都是情致依然，似夜持诗书，心阅雪片，芳香如窗外的蜡梅漫溢在寒冬的季节里……

家乡的情怀

我曾以为父母的恩情是人世间最珍贵的归宿，但父母远离我们不再应声而语的时候，我才知家乡的根依然深扎在那块以抹去的记忆里，让漂泊不定的心，有了坚定的方向。

十一没到，朋友便在电话里问我假期的去向，我听了后不假思索地说："回老家去"。

朋友听了愣了半天没有说话。

我对家乡的情怀，像多情的月色甜甜地落在门前的池塘上，我喜欢静静地坐在那里，听着蛙声的迭起，看着映在水中的月亮，想起猴子捞月的故事。我也爱坐在大槐树边，思念着童年的身影，想着儿时玩伴间的迷藏，数着一路的艰辛。

我喝着那河沟里的水长大，那河里的水滋润心灵里的肌肤，留存着一串串浓浓的回忆。于是，我想起了在那条不宽的田埂上牵着牛来回地走着。我还在那个漆黑的夜晚，点着火把在田间寻找着童年的故事。

那是那时的情，在风雨的日子飘进怀乡的心底。那是那时的事，在树叶飘零的时候落进了思念的心里。

有时想，父母不在，为何家乡的山水依然清晰明澈？父母不在，家中的稻米依旧飘香难忘？

那里是根啊！它根植在无以言明的心里，让人时常向往，时常念想，时常在难眠的夜中流着牵挂的泪梦湿衣裳。

还记得那个隔壁大哥吗？现已白发苍苍，却仍在田间日起而作，日落而归；还记得那根独木桥吗？如今已枯烂成灰，隐在杂草丛生的河沟旁边……

那路虽在日月中风蚀，却没有冲走心里的磐石；那路虽在雨水中洗去成长的汗水，却依旧留存着儿时的味道。那路，是条心路，若通往人的情怀里，故乡才有梦香的月色。

腊月的火炉

老家的火炉，是在一间小屋地面的中间刨出的一个不大点儿的土坑备冬天寒冷时取暖用的。那坑有圆形的，但多数人家中用的是青石条扣成的四方形，当地人叫它火凼儿。

记忆中，天一冷家家户户都备好了干柴，或从屋前的墙角旁搬回一个从山上挖回来的树蔸子放在火炉上，好在夜里寒冷时生起炉中的柴火，供屋内取暖。

那柴，噼噼啪啪烧起来的时候，在寒冬的夜里，常映红了大半个屋子。

在火炉上烧起火，对于乡里人来说，是件非常幸福的事儿，也是一年中最悠闲的时光，多数人觉得天冷时能坐在火炉旁聊着家常，说着家长里短，听着世上的乐趣，或哈哈一笑，或数落着家境的不幸，或寄望于年后的憧憬。

在岁月飘零的记忆中，想起能真正坐在火炉旁烤着炉火的时候，应是腊月。那时，地里的农活所剩无几。除偶尔到自家的菜园里施施牛栏、猪圈里的肥料外，多数人还是赖在家里，抱着炉火，烤上个满脸通红，有的人家趁这个空闲的日子，磨磨豆腐，打打糍粑，杀个年猪，腌制个咸菜，风干些鸡鸭鱼肉等。

每次，父亲见我晚上放学回来，在路过的菜园里冲我喊着：“回家里把小屋的火生上。”

在我的老家，腊月的天气一到晚上还是很冷的，能冻得人在屋里跺着脚，家家户户为了防冻，靠着炉火的升温暖和手脚和被褥。

回到家里，我一边拿着松枝烧起炉火，一边挂上土沙罐子淘米做饭。一时间，火苗在黑不溜秋的小屋里燃起了生活的亮光。那光透过窗户的缝隙，射在庭中的小院，瞬间一股暖流扑面而来，消除了冬日的饥饿，也赶走了心里的苦酸。

我望着炉火燃烧的声音如同欢声笑语般地喜庆。心想，父亲从菜地回来的时候，可以坐在火炉前喝上热烫烫的稀粥了。

那时，多数家庭常在火炉里一边烤着火一边煮着饭、炖着菜。有的还买个小土罐子弄上几块腊肉和萝卜放在火炉边煮着。那香味常从炉火旁冒了出来，飘到门外的冬天里，路过的隔壁大爷闻到后，站在门外对着屋里高声大嗓地喊：“你家又熬肉了？”说着，推门进来挤在火炉旁，望着身边湾邻里的大娘二娘和晚辈的新媳妇在一边纳着鞋底儿或缝补衣裤，一边说着自家的男人。他听后常咧嘴一笑，插上一句八竿子打不着的话，说天真冷，快过年了。但大家依旧烤着炉火，闲扯着往日的旧事。

有时，若是邻里的四爷坐在炉火的旁边，那顿闲扯《三国演义》《水浒传》中的故事，真是说者有劲儿，听者过瘾。自然，来的人也多，坐着的，站着的，依着梯子、犁锄等农具边靠着的，里外一层又一层地围在火炉旁，享受着闲冬腊月难得的美好时光。

于是，在那个年代那个岁月，虽然人们的家底儿不很厚实，兜里没有更多的零花钱，可日子过得比较充实，清闲自在，难有离愁，一湾人能围在火炉旁一起侃侃而乐。

可近年，村子老了。一些老屋也随着年轻人的向往在风雨中摇摇欲落，不再炊烟袅袅，不再鸡鸭成群。偶尔回去的时候，碰上儿时的玩伴，却见他依旧住在那个炊烟熏黑的老屋里，依旧谈起当年的旧事，依旧扯起儿时的快乐。我见他上前去抱一把柴火，吃力地回到屋里想去生起一膛炉火时，他的目光如同腊月中的年根儿，知足而又流露着期待。

如今的腊月，那个炉火旁的谈笑风生，已随岁月的年轮渐渐地远去，飘得无踪无影，不再炉火旺旺，劈柴燃尽，不再叔侄相挤而坐，闲度光阴。说起他们一代，倒是大年三十还忙在外头，辛酸地仍然在为家庭操劳，为儿女奔波，为生活添彩。

有人说，是日子好了，想法多了，到了腊月，人还闲不下来，没时间抱上一膛炉火烤烤。也有人说，时间过得快了，日子短了，思想不变就落伍了，现在生活不分寒冬腊月。

不过，腊月炉火的失去，倒是少了不少年味、不少传统中的风趣，让人多了些匆忙，没了止境，慢慢地也泛起了一份浮躁与急功近利……

寒露的夜

深秋了，当山上的枫叶渐渐地泛起微微的红晕时，我深知这时的夜晚在明净的星空中会吐出凉凉的寒意。

天凉了，是丝丝冷冷地寒。若是着件秋衣，立在门前的庭院里，在那个没了夏日蝉鸣的夜中，忽然觉得皮肤有点儿发紧，咳嗽不断地从胸腔中发出来。

那是夜，深秋的夜。站在这样的夜中，我发现寥落的星辰仿佛从遥远的星际间闪来，像寒光的影，射在亭前的叶子上。那叶似乎冒着寒气，在微微的秋风中，能听到树叶在冷冷的空气中沙沙作响。

这样的夜，我立在窗外，静静地细数着那夜空中最亮的星星。要是小的时候，母亲会责骂着我们。说天凉了，夜晚还往外面跑。

这样的季节，母亲会让我们多添些衣服，她也会翻箱倒柜地找件厚点儿的衣裳来，让我们披上，并叫我们多喝些热水，说是预防感冒。倘若在那个时候闹下什么病根儿，天凉的时刻身体定难抗过病毒的传染。有时，母亲跑到菜园里，扯些细葱回来煎水喝，让我们暖身。她说："晚上不能多喝姜水。"那热气腾腾的葱水，喝得身上直冒热汗。

于是，每遇寒露之夜。我也煮起了葱水。在那样寒气逼来的岁月，我祛走了身上的寒风。

打此，身上不再畏寒，心也不惧寒来。那时在母爱的温暖下，独立在人生寒秋的夜中，常常如炉火般地烤来。

我在暖和的日子里，细读着乍暖还寒的诗句，也在夜深人静时，细数着心中的云彩。在那个红叶满天的季节，虽片片纷落而至，我总是拾掇最美丽的那叶，珍藏起来。让心在深秋的枝头，多些春天的故事；让岁月在静好时分，有了温馨的话题。

那是寒露的夜，我立在窗前，瞅着深秋的夜色，思绪像一层层温情的外衣，悄悄地飞出了窗外……

新年的祝福

当旧岁在风月的夜里悄悄地溜走最后的一个时辰，人们都爱习惯地守在灯火通明的房间里，许着心中早已琢磨好的心愿，准备接年纳福，盼着鸿运到来，默念着财源不断、生活康乐、幸福满满……

其实，年的祝福对每个人来说它只是心灵间的一种向往、一种期待、一种折磨、一种努力的方向，也是精神上的一种自我安慰，物质上的一种特有享受。

在以住，那个物质不很富裕的日子里，人们总是攒着一年中最好的货物留到过年的时候，好在大年三十吃上一年中最后一顿丰盛的晚餐，并在大年初一穿着母亲缝做的新衣，吃着热气腾腾的饺子，互相说着祝福的话语，去给长辈们拜年。

在年味浓浓的亲情中，有人忆起了往日的辛酸和生活中的奔波，便在嘴里不时地念道："年来了，日子一定会好过一些。"有人想着自家的年景，瞅着快要长大的儿女，心里不停地想着："政策变了，生活快要好了。"可是，有人生下来就天赐洪福，生活衣食无忧，顺风顺水，但有的人历经磨难，一年忙到头，年年是个辛苦年，愁眉不断……

于是，人们趁着新年的时分，说些吉祥的话语，相互见了拱手抱拳说句"新年好"！祝福家里财源滚滚，子女龙凤呈祥。

这个美好的祝福，是人性中最美的寓意，它给人带来了一种无与伦比的快乐，也让彼此的亲近留下一种人世间能够抱团取暖的信任与福感。

为此，亲朋好友在岁月磨去一年中最后的一秒送来的大年祝福，一定要铭记于心，激励于行。

铭记，是要怀感恩之心，感谢之意；激励，生活还靠自己去走，历经了磨炼，方有人中的智慧，人前的鲜亮。

那样，才能把祝福的寄语活出个生活的光彩来。那样，才能把大年的希望，踔厉在奋发的途中……

过年了，岁月任重道远，情谊亘古不动，我在此道一声安好。当你端着热气腾腾的饺子时，那是你端起自己蒸蒸日上的事业，如日中天的前途，那是家庭的幸福、健康和快乐……

大年初三的传说

到被窝里，让我们熄灯去睡觉。

那时很小，不知其中缘故。只听母亲走到我们跟前神情严肃地说，今晚老鼠要成亲了，小孩子要早点睡觉。

母亲没有说清为什么要让我们早点儿上床钻进被窝里蒙着被子。她见我们几个兄弟还在被窝里打打闹闹没睡着，在堂屋里又叫了几声，“快点儿睡觉，一会儿老鼠来害人了。”

于是，我们几个听了后不再在床上叽叽喳喳地说话，静静地躺在被窝里默不出声。

据说大年初三这天，民间有个传说。说这天晚上是老鼠娶亲的日子，家家户户要早早熄灯睡觉，以免骚扰了鼠辈。也有人说夜里让孩子们提早熄灯，是因老鼠在漆黑的夜里相互看不见，无法娶亲，以此来减少老鼠繁殖的速度。因为老鼠多了，在乡村祸害老百姓的粮食，并容易传染各种疾病。还有人说，在房屋的角落里撒一些米粒、糕饼等食物，供老鼠食用，称老鼠夜里来了争食吃顾不上繁殖。

在那个年代、那个岁月，落后的乡村常常对后患无穷的老鼠一筹莫展、一种无奈。

渐渐地长大了，得知这是个传说，每到大年初三，也没再去像母亲说的那样早早地上床睡觉了。

记得那年在连队，深色很深很深时，我还背着枪立在山顶的阵地上，营长来查哨时，用手电筒照着我，说我没偷懒，表现得不错。

那年的夏天过后，我便离开了山头上的那个连队，去了一个梦想的地方，也是一生追求的地方。

后来成家后，每年正月初三也跟女儿讲起老鼠的故事。可女儿根本不信，说我骗人。我听后一乐，心想现在的孩子唬不住。

不过，传统的东西还是不要丢掉为好。民间的故事有民间的说法，有时能教育做人的道理，要做一个好人，一个善良的人，一个守规矩的人。

如民间传说，正月初三是谷子生日，这一天祝祭祈年，并禁食米饭。还有人说这天是赤狗日，是熛怒之神，不要说些不吉利的话，以此来提醒后辈，以免给家人带来贫穷与灾难。

其实，传说的禁忌是让人守好规矩，守住自我。

人有规矩，万事顺遂。人有自我，世间福多。

大年初五的心愿

农历大年初五按照传统的生活习惯，应是劳动的日子。家家户户常拿起扫把打扫家庭的各个角落，扫出多日的残食碎物，扫除用鞭炮纳财迎福溅到身上的灰尘。

记得很小时，每到大年初五的早晨，我们要早早地起床，把准备好的鞭炮摆在门口前，兴奋地从灶屋里拿来烧着的柴火，点着鞭炮放了起来。炮声噼噼啪啪地响着，在浓雾的灰烟中，向着晨曦的东方传去。母亲是一个传统的农家妇女，虽不识几个字，但传统文化中留下的育儿方式，深深地扎进她的心底。她一边打扫屋子，一边对我们说："把屋子扫干净，放完炮，财神就来了。"

老家有种说法，初五扫除意思是扫穷，扫掉家中的穷气，扫除身上的穷酸。

家庭干净，生活自然焕然一新，鹊飞燕来。身上干净，自然浑身精神，生活苦尽甘来。

有时居住环境的好坏，也能看出一个人的生活指数是苦是甜、是愁是乐。一屋不扫何有福来？衣冠不整哪有喜运？常听身边的人指着那人念道：那人混得不行，家里像个猪窝似的。

为此，初五纳财接福家里是要打扫得整整洁洁、一尘不染，穿得要干干净净、清新脱俗。这样，我们心中的“五福”才能临门而来，我们大年的心愿在人间芳菲的天空里才能艳阳高照。

初五了，拿起心中的扫把吧，翻开多日不见的书本，少点儿酒桌的喧闹，去扫除心间的尘埃……

春的悄然

望着门前那堆洁白的雪，在大年刚过的阳光下散发出冰冷的寒光时，可恭贺新春的年还没拜完，静候时光里的春风却悄无声息地爬上了窗户，进入了人家，掉进了热气腾腾的锅里……

日子好快啊！过年间还不知出门是蹦是跳地爬个山逛个景的，说是这么冷的天就要立春了。有时，还觉得处在这样的冬天里，见四处冷得不可多待一会儿时，时间却不顾人间烟火、不惜生命岁月、不屑苍老白发，静悄悄地向历史的年轮中推进，向未来的知遇揭彩添瓦，它带着生的希望，化走寒冷的天气；它带着新的力量，要把世间染成绿色。

当我藏在家里不想出门时，朋友在电话那端大声地叫着“没两天立春了，还待在家里”？

于是，放下手机，顿觉这么快的天，让人赶不上时令。

春要来了，就在这两天了，给人一种清新的感觉。

这两天，我哪儿也不想去，想候在家里，和着热面，摊着春饼等待着春天。这两天，我什么也不想做，只享受着岁月的祝福，期待着春机盈门。

于是，我坐上桌前，思考着严寒的冬里没有做完的事情，想理出个头绪。于是，我站在街头走出年的氛围中，想抖抖身上多日灌满的惰气，不让人颓废。

人常说，业于勤，荒于嬉。人又说，春将至，冰已消，没有理由不抖擞精神了。

其实，春要来时，我已立在了桥头，等着河水淙淙，涟漪悦心。

其实，春悄然时，我已敞开了房门，期待万物的苏醒。

春来了，花一定会开……

年的守望

一年将尽夜，万里未归人。每当腊八过后，年根儿临近，人的心思像列车进站的瞬间却巴望着出站时的那刻，在心里莫名地企盼着年的到来，好在年的夜里守望着青春的岁月，守住上苍的祥瑞福气。

于是，年成了永恒的话题，在泱泱华夏大地传统文化自信的道路上，人们怀着美好的愿望与向往，也心念着各种不同的心思，把年盼来，把未来的日子过好。它像寒冬腊月的梅花，在冰天雪地的年味里绽放生活的绚烂多彩，又似勤劳辛酸酝酿出一年最后几天的悠闲与快乐，在红红火火的腊月中，街头、巷子里的叫买声，如同檐前日暖冰掉下的那堆欢声笑语的人群，静候着年的到来。

但在中国传统文化的习俗中，人们常说过了腊月初八才是年。北方的习俗与南方各地对年的情结不尽相同，但对年味的心情与喜庆是一样的。生活中有人喜欢清淡，手捧着诗书坐在庭院里；有人喜欢热闹，扭着秧歌，哼着小曲。

为此，南北节气中的风格与风趣多是在差异中包容，在求同中各自展现美好的祝福与时光。

慢慢地，人们习惯地养成了那片土地的风俗良习，也在各自的心中遵循着祖辈留下的规矩和生活方式。对此，南方人视腊月二十四为小年，而北方人却是腊月二十三这一天。每当这个节气的到来，人们常清晨早起，家家户户拿着擦布和扫帚，清扫着房屋的角落，多数父母都是擦着门窗和柜橱，清理衣物，洗刷着锅碗瓢盆，进行干净彻底的家庭环境大扫除。也有些老人爱在家中念着，小年扫除屋子，说是不让灶王爷把土带走。据《拾遗记》记载，此俗已有三千多年了，盛行于汉代，意为除“尘”为除“陈”，扫尘就是把陈旧的东西一起扫掉，打扫家中的陈年积垢，扫去旧岁中遇到不快的心情与年景。

这一天，北方人以吃饺子、蒸年糕、熬麻糖的方式，恭送民间传说中的灶王爷上天。南方人却砸年糕、煎米饼、熬麦芽糖来祈求多福，平平安安，团团圆圆。

随着年的脚步声越来越近，左邻右舍杀猪宰羊，腌腊肉、风干鸡、晾咸鱼、做米酒、炸馓子、打糍粑、磨豆腐……还制作多种风味的小甜品。年来了，时常在湾里见长辈们冲着不大点儿的孩子说着：小孩儿盼过年，大人望种田。那是说小孩儿盼的是过年穿件新衣服，大人望的是来年的收成和希望。

那时，我们希望自己快快成长，长大后好为家里添一臂之力。那时，我们在渴望过年的同时，也对生活充满着欢乐。

于是，在记事时，我们依从大人们的嘱咐，学会了守着年岁，在年三十的晚上尽一份为家里添福的责任。在懂事时，我们依着父母的要求，从浓厚的年规中学会了一些做人的礼仪。然而，在年年守望的日子里，我们东奔西走，风餐露宿，常在年后的春天编织着幸福的梦想，又在年末的时候过得苦不堪言。有人熬来了满头白发，有人等来了岁月苍老的容颜。

那白发在岁尾的风雪中，有时还望不到回家的路，购不上返乡的车票，但那颗守着年夜的心，总是在漂泊的途中厚望着家的温暖，守护着儿女的未来……

鸟巢的雪花

是夜，在举世瞩目的鸟巢，在中国传统节气的春节里，那个刚刚立春的晚上，世界各地的友人像春天的使者坐在那里，盛赞中国一场别开生面的“雪花”。

雪花在鸟巢体育馆里飘洒着，从北京的鸟巢到塞北的崇礼，从黄河的渡口到长城的脚下，从千年复兴的梦想到新时代的蓝图。

雪花好大啊，那是民族搏击的场景，像海水击起的千里浪花，扣动着多少华夏儿女热爱和平的心弦，也将记录着体育健儿激烈拼搏的场面。

那雪花是从鸟巢的上方飘来，也是从勤劳智慧的中国人心中飘来，多少个日夜多少个期待，多少双眼睛多少道目光。它从千年绝唱的声音锤炼出一个华夏的冰莹，它从民族凝聚的声音中怒放着一朵朵北国的风采。

许是，那是春天谱序万紫千红的前奏，也是春到人间盛开的一季中国人迎宾的礼花。

那雪花大啊，晶莹晶莹的，在鸟巢的上空，在塞北的大地，在中国人的心里，像是为华夏儿女绽放的一朵幸福之旅，又似年轻人梦想中的浪漫之妍。

我望着亮晶晶的五环在阵阵的礼花中银光闪闪地升起，那边一面鲜艳的五星红旗与它遥遥辉映。突然，人们的目光丢在那个走失在东南角落里的孩子，担心她在冰天雪地里遭受着寒风冰冻，又怕她在迷失的途中不知往返。于是，母亲在北国的天空中呼唤着骨肉之情，让兄弟姐妹们伸出一双温暖的大手，一个不能少地把她拉了回来，拉到华夏复兴的路上。

这是鸟巢的雪天，一个立春的晚上，雪花在那里飘动的舞姿如同千万枝飞动的柳絮，在迎春的风里美丽得让人窒息，美丽得让一些国际友人发自肺腑地赞叹，并说“怎能叫人不喜欢”？

那是雪，那是人称“老谋子”的在鸟巢里为冬奥送来的“第一场雪”，那是中国人立春开门大吉的一场雪，也是强国的路上传递友好和平的一场雪……

附　录：

我请读者来作序

《守望自己的天空》即将出版了，那里的文章大多数是我出差途中利用空闲时间在手机上写的，有的是在飞机上，有的是在高铁上，还有的是在去乡下颠簸的路上，甚至饭前饭后休息的时间里也没放过那多情的指头，让它在狭小的手机屏上不停地忙碌、抒情，有的刊发在《新华每日电讯》《解放军报》《中国纪检监察报》《散文百家》，有的被作家网、中宣部“学习强国”平台转载……

那时，每思一物或每见一景，那些心灵感怀的东西，我总是在工作余暇的时间里把它从内心的情丝中记录下来，让它成为一种记忆，让它成为一种习惯，让它成为一种爱好。一位老首长见了对我说：“你的文章写得很好，把它整理出来吧，出个集子。”一位作家协会的朋友看了对我讲：“你的散文很有功夫，真的写得很好，你把它整理出来出版吧。”

于是，不知哪儿来的勇气一连整理了四本散文集。突然，在作序上我犹豫了起来，请谁呢？请谁来作序呢？思想半天，忽然眼睛一亮，何不请上亲爱的读者说上几句，让他们用美妙的语言激励我笔耕的勇气，让他们用心中的肺腑之语为我的写作之路建言献策。

于是，我真诚地邀请了他们，也真诚地谢谢他们，他们用美丽的心灵激励着我，鼓舞着我。

于是，读者的只言片语、饱满真情地在为我鼓劲儿加油着，他们的情，他们的爱，他们的厚望与祝福，都洋溢在那段真情的文字上，也融进我人生奋进的追求里。

你写的文章非常感人！非常用心！非常细腻！用的是真情真心，像读朱自清的散文一样，读了让人感觉很舒服！

——微信网友天行健

你的文章我几乎每篇都看，读你的散文一会儿让人沉思，一会儿让人感慨，一会儿让人落泪，一会儿让人欣喜……你的《那似海的情》写出了一个读者的心声，能让人产生共鸣，你的《我的悲痛化成雪》道出了人间真情和对生死的无奈，那篇《豇豆情》叙述了人世间在涉世之初时的艰难和对生活的向往，《南方有香山》写得文笔飘逸，《南京的雨》让人感慨万千，《爱上我吧》其实就是一个普普通通塑料袋上的广告标语，寥寥几笔写得既让人懂得生活品位，又让人追求事物的质感，《枫藤》就是我们日常所见的爬山虎，你却写得有血有肉，有情有义，《夕阳满屋》写出了家的温馨，《小河边》写出了人间生活的浪漫与美好……你的游记《壶口的虹》《窑湾夜话》《枣庄的灯光》《走近喀什》《小七孔的水》《天湖纳木措》《冬到沙漠看日出》等等，能让人放下笔头，打起背囊去远行；你的目物所思《把日子过好》《别把爱不当回事》《把心思放在正道上》等等，虽然文简篇短，但却让人静坐反思，对照自己。你的文章每篇虽然篇幅不长，但都写得真情饱满；你的文章虽然不是什么长篇大论，但每篇里都有可圈可点感染心灵的语言和句子，让人激动，让人爱看，让人喜欢，让人警醒，让人励志。总之，每个细小的东西，你都有那样的感怀，那样的一往情深。我总是想，你工作那么忙，还能坐下来静心写东西，难得，难得。

——武警出版社原社长高津滔

读王军的文章，就像把玩一颗颗晶莹剔透的珍珠，无论从哪个角度看上去，总是那么五彩斑斓，赏心悦目；它又是晨曦下一滴滴清澈明亮的露珠，总能折射出太阳的光辉来。一碗米粉，便能下笔成文，让读者从中感受着他乡的风情以及生活的乐趣；一座水库，落笔就是一道风景，从美文中能欣赏到一幅幅秀丽的山水画卷。童年的趣事，军营的记忆，家乡的银杏叶，家门口的那条小河……无不在作者笔下妙趣横生，有血有肉，读罢总有字字珠玑、行行妙语之感！揭示着生活的真谛，给读者提供良好的精神食粮。作者一篇《我的悲痛化成雪》，让我们感受到了一个中年汉子对老父亲辞世的不舍、撕心裂肺的痛，听见了一位铁血男儿的号啕大哭，看到了一位孝子在父亲的灵前长跪不起……寄托着作者对父亲深情的哀思，生动地诠释了中国传统孝道文化，让人潸然泪下，让我们懂得这就是有情有义，至情至性，深受教育。

——同乡友人左鹏飞

王军写的文章情真意切，感情细腻，非常感人，文脉富有想象力，内容丰富而不显啰唆，读来让人感觉身临其书，写得别有一番韵味。我虽读你书不多，但总感觉你早已有大作家风范！同学中的骄傲啊！我们想学也学不来的！

——大学同学毛水平

每次读王老师的作品都有身临其境的带入感，浓浓的生活气息扑面而来，像一幅清明上河图徐徐展开，各色人物栩栩如生，引人入胜。文笔洒脱流畅，娓娓道来，既有散文的浪漫优雅，又有现实生活中的情怀，读后余韵悠长，令人回味。我很喜欢王老师的作品。

——国家广电总局朋友周睿

你的文章总是能勾勒出一幅美丽的画面，引人入胜，让人陶醉。不仅如此，反复拜读，细细品鉴，还能促人思索，受益匪浅！

——新疆军转干部陈培培

写景、抒情细致入深，概括总结富于哲理，启发读者思考，追求真善美的人生真谛。而且还是高产作家，勤思敏学，笔耕不辍。

——北京退休干部龙在飞

读王老师的书是思想的驰骋，是会心的交流，是自我灵魂的感悟，很受启发，很感人，感恩伟大的党、伟大的祖国！

——上海民警夏小勇

王同学很勤奋，在工作繁重，出差的高铁、飞机上忙中偷闲写作，生活中的点滴总能激发他创作的热情，而他的文章总能从细微处入手，见微知著，写真感情，写真性情，以细腻笔法写出打动人心、感动你我的语句，写出生活的美，人性的美，传递正能量！

——高中同学汤兴

今天常委会有一个要求，大家要认真读读王军的文章，他的文章很感人，我看了几次落泪。平时大家学习学什么，身边人是个鲜活的教材，就是要学习身边人身边事，他的文章情感丰富，作风朴实，故事励志，思想纯洁，有一股艰苦朴素的品质，今天读读王军的文章。

——一位县委书记

你的文章写得很好，很感人，很受教育，平时就放在我的床头上，休息时躺下来读一读，几次掉下眼泪。孩子假期放假时，我对孩子说让他好好看看，好好学习，受受教育。

——一位将军

随笔写的文章，均有感而发，没有华丽的文字，通俗易懂。写物，让人脑海瞬间还原出事物的本质；写景，眼前浮现出一幅幅真实画面；写情，内心里的情感油然而生，引起读者共鸣。其对事物观察细致，感情真挚细腻，文章内容正直向上，久读不厌……

——北京读者无虑

一个细小的东西在你的笔下有了生命的活力，字句之间感受到美的享受，同时满满的正能量！

——河北正定法院法官怡景

你的文章内心丰富，感情细腻，让同时代的人感同身受。

——同乡同学微信昵称致橡树

文章本天成，妙手偶得之。八千里路的云与月都伴随着你生动的字迹，在我的骨子里流淌。

——中国医药报社记者

王军其人，明于大德，勤于操守，行于正道。他弘扬公正，通达人情，凡是与他接触过的人都能感受到他的谦虚与诚恳；他善于总结，勤于反思，将日常的所思、所想、所感、所悟融入文学创作中，以情感人、以理服人、以志激人。从山水田园到人生百态，从市井小民到军旅生活，他用文字描绘着一幅幅星辰诗画，他用文字浇灌着一朵朵心灵之花。他的作品深沉厚重、大气磅礴，有力诠释了当代军人高远的理想追求和深沉的家国情怀；他的作品平实朴素、真挚醇郁，每每读后都会产生强烈的情感共鸣，那是一种向善、向上的力量。

——北京科技大学经济学博士、艾劲（北京）科技发展有限公司总经理王玲玲

在这个崇尚高科技的时代，人们被桎梏在了程序的列车上，把思想掩藏，让物欲飞奔，因而有许多人感慨，为什么难写出好的文章、好的诗歌。有一经典名言，“生活不是缺少美，而是缺少发现美的眼睛”。读了王军的散文和诗句，我感受到了真情和哲思的潮涌。他给心情放假，把目光停留在了一片树叶、一滴雨珠、一段古城墙，以及家乡的山山水水。他珍爱那清清的雨、飘飞的风，酝酿了一杯又一杯滋润心灵的甘醇。王军是一名职业军人，从军几十年，他深知自己的责任和使命。在他的散文诗里充满了正能量，歌颂了日益强大的祖国，践行着诗意的唯美和崇高。

他不凡的视野、特殊的心路历程，我们感受到了诗者的博大胸襟和坚强，以及爱国爱民的忧思与追求真善美的理想都纳入到了散文里，感受到了一种完整的、深刻的、罕见的精神美。

——国防大学王恒

文章文笔清新，情感丰富，语言朴实，引人深思，平凡中显示出不凡的文学功底。

——中国科学院大学智新

每一篇文章都是作者人生路上的一个故事，每个故事都能够迅速抓住读者眼球，并吸引读者一直读下去。亲情部分让人潸然泪下，写出了骨肉相连的深情，相互理解的默契，牵肠挂肚的惦记，圣洁无私的呵护，充满了爱的温馨。友情部分让读者懂得什么是真诚，明白什么是感动，感悟什么是快乐，友谊乐趣无穷。乡情部分写出了游子对故乡的浓浓思念。关于爱情写得如此微妙而美好，军人的爱情路上是一个坚毅的历程，是那不放弃的执着，写出了军恋特有的真挚和浪漫，也有着独一无二的甜蜜。

——北京民警

月色朦胧，初冬里，一壶茶，一箪食，和衣而坐，耽美文佳趣，忘却长夜漫漫。尝闻陆机《文赋》云："石韫玉而山辉，水怀珠而川媚。"盖蕴其质者，必形诸文；慧于中者，必秀乎外。吾观今世，身揣富足银两者众，驱车马于闹市者有之，居高堂华厦者也多，独能以文字描绘生活抒发情怀并结集成书者稀。看似平凡，实则独具，以数十年之阅历而诉之于笔耕，品先生之文，可见戎装铁甲之下，难掩柔骨情怀。一春一秋、一饮一馔，皆为先生采撷，沉香酝酿，而后脱颖芬芳；烟火清欢、风物琳琅，唯有慧眼能赏，文思泉涌，只叹纸短情长。无论是小处写意，亦或是大处泼墨，皆情思浓厚、感化人心，之于吾可谓是：于煎熬处得希望，于意满时知守心。手举繁星者、必有光亮，赠人玫瑰者、手有余香，愿与读者诸君得以佳作共赏。

——空军某部战士夏天

很奇妙，王军叔叔的文字，带有自传性质的那部分尤甚。它们特别容易让我在字里行间找到共鸣和相似性。细细品咂它对抗生活、敬畏生命的撕扯感之后，留有余味的却偏偏是更深刻的自我敞开。它带给我的最鲜活的意义在于找到了清晰的向往，也就是——更清楚自己现在是谁，想成为谁，以及怎样成为！

——山西省山阴县公务员安艳霞

你的文章犹如祖国大好河山，滋养心灵情感，处处流露爱的力量，时而让人落泪，时而捧腹大笑，细腻，真诚！时而精忠报国，势不可挡，犹如中华儿女，淳朴坚定，万众一心！

——西安读者黄萍

你的文章情感细腻，朴实无华，感人至深，读后会有共鸣！父亲那篇，看到几次落泪，真情实感，特别感人。

——北京房山区某村支记杨国华

兄长王军，军人，作家，近三十年戎马生涯熔铸了他的坚质浩气，同时又散发着儒雅气度。不张扬，不故作豪放，崇尚含蓄内敛之气韵。又是诗人，诗言其志，寄情而作，随物应生，朴实无华。江浪滔滔，世事繁杂。常寄言于朋友圈，犹如茶肆，方尺桌上系天下。江湖纷争，旧史典故也尽在闲话义愤中。东蹲西蹭半载，浪流各地数月。余无兄才，每每借其言当己出。仰慕兄台畅意抒怀，深得益智。以家为点，以微信为媒，只言家常生活之事。今计划整理出书，摆开八仙方桌，纳四方游散小憩闲坐。既恭迎贤人雅士，名流风骚客清谈，也不拘吾等袒胸露肚、挖鼻抠丫汉喧哗。敞纳天下众汇一席，自抒己见。留壁待墨，置盂盛痰，除苍蝇者，一概不拒。谨以此数句，致敬兄长。

——新县一中校友苏锡江

偶阅朋友圈时，见你的散文诗词，多是烟火缭绕的人间亲情和日常生活，每每品读，韵味十足，有含义，有寄托，融入了感情、思想、意志、生命，是非常真诚的、非常直接的一种兴发感动在作品中留下来了。

——北京读者萍

初识君之文章，是在一个微信群里看到的。因时隔三十多年，虽文后都有署作者名，但同名同姓很多，我并不知作者是何人，更不知作者在何地何处工作，但唯美的文字却吸引我不断地去阅读，去赏析：每一寸情，每一件琐事，每一朵花，每一处景色，每一段心灵情感……在君之心中都会涤荡出最纯真质朴的情，最善良的感动，如涓涓清泉在君之笔端流淌，唯美而清新，清澈澄明。如诗如画的文字，饱蘸了君之内心乐观、向上、坚韧、豁达、正气、向善的人生态度，以及对家乡、对朋友、对挚亲、对山川河流的深深热爱和眷恋。只有内心如玉温润，才能写出情感如此细腻饱满的，让人读之或流泪，或心旷神怡，或充满感激，或产生蓬勃热情的篇篇精美之文。

——新县古诗词爱好者汪颖

蒹葭苍苍，白露为霜。儒士王军，善为文章。美文清雅，韵味悠长。涓涓清流，滋肺润肠。匠心巧思，文采飞扬。冬读温暖，夏品清凉。语言洗炼，行文流畅。贵在真实，采风故乡。文短意丰，表现力强。少年趣事，跃然纸上。家乡景物，游子不忘。读君美文，疗我心伤。

——同乡友人左鹏飞赋诗一首

……

为此，我捧着读者真切的言语和心灵中的文字，思考着那字那句的情真意切，我像捧读圣书一样铭记心里，也在日后的生活中时常惦念着这些可尊为师的读者啊！不论何时，不论文字的长短，他们时常在我的微圈里点赞关注，送来表情和温情。为此，我常在莫名的夜晚静静地坐在一处感受着那份难得的世间情感，也爱在空余的时刻里思念着友人无处不在的关怀。

今以读者为序，也是一份尊重，一份爱意，一份情谊，愿我永远地记住他和她。

二〇二二年三月

后　记

在世事平淡无奇的日子里，我见往日心灵而约的那些文字、那些小文一篇篇编辑成册快要出版的时候，心里总觉得在书的最后面要说点儿什么，感觉不说出来似乎缺点儿什么似的，思来思去，说什么呢？

是善行，还是善待？是感激，还是感恩？

在众多的关爱中，我懂得了善行，也学会了善待；在无私的帮助中，我懂得了感激，也学会了感恩。在日出星没的日子里，有人在默默地关注着，也有人在暗暗地关心着，有人在为我摇旗奔走，也有人在为我守望相助……那每一份真情，每一点儿心意，每一次点滴的帮助，让我在人生的路上有了信心，有了希望，有了底气，有了一种不甘人后的精神。他们中有的是我的亲人，也有的是我的朋友，有和善的领导，也有相处的同事，有陌生的长辈，还有不知名的读者。

他们是智者，也是我的良师益友，更是我终身感激受益的朋友。他们在我求知的路上，像雾中的灯塔，也似雨后的太阳，让人看到了创作旅程的希望与光芒。

于是，在人生苦难的岁月里，在生活没有着落的雨天中，我常把他们的话语、他们的教诲，当作圣书一样捧在胸前，让我不失旅途，不迷方向，不怵未来。

我在渴望知识的途中，初涉世事，像一叶小舟在人生的大海里漂泊着，那里有风，也有雨，那里有苦，也有泪。我在寂寞的途中挺住，在艰险的十字路上学会了摸爬滚打，也学会了识人爱人，更懂得珍惜友情和相爱关爱的人，我认为每次的相遇，每次的相视，每次的不请之情，都是人生修来的福分，都是母爱育儿的一首不老的歌谣。

我常想，在好人的氛围中，我也学会了做些举手之劳的事，做些力所能及的事，做些解他人困境所迫的事。我感谢那些为我操劳的人，也感谢那些平时只要有事说一声就记在心里的人。他们是好人，也是心善之人。他们厚道，他们忠实，他们有责任，他们把友情间的事当作自己心中的事，他们把毫无怨言的付出当作真诚的担当。

为此，在出版这些心灵文字的时候，那个仁厚的编辑，那个建言献策的朋友，那个热情温心的兄弟，那个倾心关注的读者，他们辛勤的付出和不情之请，让人感动，让人心存感恩。

感谢他们用辛勤的汗水在为我的文字加工打磨，编辑成册；感谢他们用热心的心肠在为我日后的创作指点迷津，寄望我多出优秀的作品。

为此，感恩在心。“泪盈襟，礼月求天，愿君知我心”。为此，我双手合十，道声情深似海、恩重难移……

“未知天地恩何报，翻对江山思莫开。”愿我一心向善，一生图报，为国为家，为恩为情，为爱而生。

二〇二二年三月